涙雨の季節に蒐集家は、

あなたがくれた約束

太田紫織

角川文庫
23227

目次

雨宮青音
優しくて涙もろい大学生。
今は休学中。
第二の故郷・旭川で、遺品
整理士見習いをしている。
村雨望春
優しくて聡明な、ミュゲ社
の遺品整理士。
サバサバした性格で、頼れ
るお姉さん。
村雨紫苑
望春の弟。謎めいたカウン
セラーで涙のコレクター。
鋭い洞察力を持ち、青音に
アドバイスをする。
レイ
飼い主に遺された犬。
今は村雨家で暮らしている。
イラスト／古澤エノ

ミュゲ社

人生の最後をトータルコーディネートする葬儀社。
望春と紫苑の姉・藤山藤乃が社長を務める。

高木愛

事件現場特殊清掃士。
パワフルなしっかりもの。趣味はバイクに乗ること。

高木勇気

愛の弟。同じく特殊清掃担当。
体育会系の見た目で、青音のキャンプ仲間。

小葉松

葬儀部所属のベテラン。
穏やかな性格で、頼もしい存在。

佐怒賀憐子

相続コーディネーター。
遺品査定士と相続実務士の資格を持つ。

小雛菊香

青音の幼馴染で、青音を気にかけている。
はきはきしていて明るい、ツインテールの女の子。

Characters

プロローグ

それがたとえ、時に残酷で悲しい色をしていたとしても、それでも旭川(あさひかわ)の風景は美しい。

どこまでも高い青空、草木の濃い緑、色とりどりの花。

流れる川は、夏と冬ではまったく表情が違うけれど、『旭川』という名前にふさわしい。朝日でキラキラ輝く夏も、極寒の冬にぼんやりと立ち上がる、けあらしの幻想的な表情も、どれも本当に、泣きたくなるほど美しいのだ。

幼い頃は、その美しさを言語化できなかったし、ただ漠然と好きだと思っていただけだ。

でも、だからこそ、伯父(おじ)さんと出かけるアウトドアが大好きだった。

空気も、風も、星空も、みんな僕のものだった。

だからあの、金色の雨を僕は喜んだ。

そしてあの日から、僕は旭川を遠ざけた。

美しいものがなくても、生きていく事はできるから。

なのにこうやって、旭川に戻ってきた理由を想う。

川に落ちる夕陽を眺めながら、どうしてここにいるのだろう？　と。

金色の雨が降った日の事を、今でも忘れてはいないのに、いったい何が僕の足をつなぎ止めるのか。

美しい風景だけが、その理由ではないはずだ。

「……どうしたの？」

二匹の愛犬のリードを握った菊香が、橋の上で立ち止まる僕に、不思議そうに声をかけてきた。

「ああ……ううん、なんでもない。夕焼けが綺麗だなあって思って」

「そうだね、良かった、明日も晴れるのかな」

「菊香は晴れがいい？」

「うん。だって雨のワン散歩は大変だし、靴下汚れるし」

そう言って菊香が愛犬の頭をひと撫でする。

「あはは、それは確かに」

僕も同じように、足下で『なんですか』というように僕を見上げる、レイの頭を撫でた。

　特にまっ白いレイは、雨の日の散歩後はそのままバスルームに直行という事も珍しくない。

「青音（あおと）は雨が好きなの？」

「え？」

　返ってきた質問に、僕は「好き」とも「嫌い」とも、即答が出来なかった。

「……どうだろう」

　勿論（もちろん）晴れた日が好きだ。

　でも、雨もそんなに嫌いじゃない。

　それに、思うのだ――あの日、あの美しかった金色の雨を、もう一度見てみたいと。

　恐ろしい記憶が、少しずつ形を変えていくのを感じながら、僕は自分の変化に戸惑った。

「ねえ、それより早く帰ろうよ。私もうおなかペコペコ！　お姉さん達待ってるよ！」

　しびれを切らしたように、菊香が声を上げた。

『お姉さん達』というのは、村雨姉弟（むらさめきょうだい）の事だ。

　今日、毎日一人お留守番ばっかりで寂しそうなレイに、菊香は家のわんこ二匹を連れて遊びにきてくれた。

　レイも尻尾（しっぽ）をフリフリして、普段と違い、三匹で公園を走り回ったりして楽しそうだった――そのお礼も兼ねて、今日の晩御飯は、菊香を招いてのすき焼きなのだ。

すっきやき♪、すーきやき♪と、妙な節をつけて歌うご機嫌な菊香。

レイの足取りもいつもより軽やかで、僕は思わず微笑んで——そして思った。

マンションに戻れば、村雨姉弟が笑顔で出迎えてくれるだろう。

ここには——旭川には、いつだって僕を「おかえり」と出迎えてくれる人がいる。

一人の雨は寂しい。

でも、待つ人、待っていてくれる人がいる、雨の日は優しい。

——だからといって、あの日降った、美しくて残酷な雨の事をこのままなかった事にはできない。

日常の一瞬一瞬が美しい度に思うのだ——あの日見た現実に、しっかり向き合う時が来たんじゃないかって。

だのに今の日常を失う事が怖い。

また旭川を失う事になるかもしれないのがとても怖くて、こうやって毎日を楽しいと思う度、その勇気がもてなくなる。

僕は、弱虫だ。

第壱話　まっすぐ空へ

壱

本格的な夏の中に、時折浮かれるなと釘(くぎ)を刺すように冷たさを挟んでくるのが、旭川の夏だ。

気温は高い日では三十度に達するのに、朝と夜はだいたい十五度前後。

ぐるっと山に囲まれた、内陸の旭川市は、日中との寒暖差が十度以上あるのはまったく珍しくない。

そして前日は三十度まで上がったのに、夜明け前から雨の降り出した今日の最高気温は十九度。

ご遺体を扱うミュゲ社にとって、暑い日よりも寒い日の方が、ご遺体の管理は容易(たやす)くなるとはいえ、ひっそりと空気の寒い今日は、式場全体の気温が更に冷たく、それだけでなんだかもの寂しかった。

五十歳を前にして病で亡くなった夫・伴野(ばんの)隼人(はやと)さんの葬儀で、妻のえり子(こ)さんは亡骸(なきがら)の前で号泣した。

立ち上がれないほどのその激しい慟哭(どうこく)は、まるで彼女まで命の灯火(ともしび)を失ってしまうんじゃないだろうかと、周囲はそんな心配をするほどだった。

よほど仲の良い夫婦だったのだろう。彼女が喪主を務められる状態ではなかった。

葬送を仕事とし、様々な別離れを見慣れる程見てきている筈の小葉松さんですら、その両目にじんわりと涙を浮かべてしまうほど、えり子さんの悲しみは深い。

母のそんな姿を前にして、気丈に振る舞っていたのは三人の子供達で、僕と同い年だという長女の遥花さんを筆頭に、長男で末っ子の駆流君、次女の奏歌さんは、それぞれ母を気遣い、弔問の人達に挨拶し、立派に母の代わりを務めていた。

大きな悲しみを前に、必死に支え合っている家族四人の姿は、人手不足の為に小葉松さんの手伝いにかり出された、僕と望春さんの心をも強く打った。

幸せそうな一家ですら、無慈悲に命が失われてしまうなんて、運命とはどうしてこんなにも残酷なのだろうと思う。

勿論不幸だったら、もっと不幸になっていいなんて事でもないけれど。

喪主を務めたのは、長男とはいえ中学一年生になったばかりの駆流君で、当然ながら全てにおいて『不慣れ』な彼を、ミュゲ社の面々は普段以上に気合いを入れてサポートしているようだった。

仕方ない事とは言え、本来一番辛い人が、人前に立ってあれこれしなきゃいけない事が、本当に正しい事なのかなと思う。

それが風習であり、すなわち文化であって、世の中のルールだというのはわかっているけれど。

長男だからって、大好きなお父さんを失った中学生の男の子が、参列者にお礼をのべるのを、見守らなきゃいけないのは辛い。

だって『本日は雨でお足元の悪い中、ご列席いただきありがとうございます』だなんて、どうしてこんな日に、お父さんを失った直後の少年が、客の靴の心配なんかしなきゃいけないいんだろう。

でもそれは二人のお姉さんも同じ気持ちなのか、長女の遥花さんは、少しでも弟さんの負担が減るように、できる限りの仕事を代わっていた。

真新しい喪服に身を包み、凜とした遥花さんが気丈にも涙一つ零さずに、弔問客に応えている姿には、同い年の僕にはない落ち着きや知性を感じて、自分が恥ずかしく思えるほどだ。

僕は伯父さんのご遺体を前にして、母さんの横で泣きじゃくることしかできなかったから。

喪主はまだあどけないながらも頼もしい駆流君、参列客への対応や、お金の事などの大事な裏方を遥花さん、そして残る次女の奏歌さんは、憔悴しきったお母さんに寄り添って、その心を慰めていた。

姉弟が、悲しみの中でもそれぞれの役割に徹しているのが印象的だ。

一家が本当に家族として纏まって、仲の良い、幸せな家庭であった事が垣間見えて、僕は涙を堪えられなかった。

僕の涙腺が人百倍緩い事はさておき、参列者も隼人さんとの永の別れだけでなく、母子の姿に涙を流しているように見える。

ミュゲ社で遺品整理士見習いとして働き始めて、こんな風に葬儀の手伝いをするのも慣れては来たけれど、伴野家の葬儀は僕が経験してきた中で、一番悲しいお葬式になったのだった。


そんな辛い別離から一週間。

冷たい雨は上がって、今日は青い空が広がっているけれど、僕はまだ悲しみが降り注ぐ伴野家にいた。

勿論、遺品整理の仕事で。

でも今回整理するのは、亡くなった隼人さんの遺品だけでなく、思い出の詰まったこの家ごとだった。

長女遥花さんは札幌の大学に通っている。

えり子さんの母親も札幌に住んでいるため、現在高校二年の奏歌さんの進路のことも踏まえ、一家は札幌に引っ越す事にしたのだ。

四十九日を前に片付けを済ませるというタイトなスケジュールを望んだのは、他でもない隼人さんだった。

子供達の事を考えると動くのは早いほうがいいし、悲しい気持ちはそう簡単に癒えないだろうから、逆にバタバタしているうちに一気に片付けて、環境を変えて貰いたいというのが、生前の隼人さんの希望だった。

そうでなければ、隼人さんがいない世界で再び始まる日常の中、彼の思い出が残る全てに、家族が切なくなってしまうだろうから。

隼人さんの病は急の事で、生前整理をする余裕はほとんどなかった。

その中で、彼は最大限遺された家族の負担を軽減しようと、葬儀だけではなく遺品整理も、ミュゲに依頼して逝ったのだった。

遠方に一人で住んでいた家族の遺品を片付ける為、家族を亡くした直後に遺品整理をするケースは少なくない。

遺族の滞在日程もあるし、月をまたいで家賃を発生させたくない場合もある。

だから亡くなってすぐ……という状況自体は珍しくはないのだけれど、とはいえ今回ばかりは、僕は気が重かった。

空は晴天。無神経なほどに。

どこかで芝刈りをしたのか、草汁の甘ったるいような青い香りを、ぬるい風が運んでくる。

一瞬、血の臭いに似ている気がした。同じ命の匂いだからだろうか。

青くして奪われた生を思いながら、僕は伴野家を見た。

「ああ……」

空を背景に、くっきりと浮かび上がるクリーム色の四角い家には、それを守るように青々と茂る木々と、ピンクや黄色の花達が咲き誇っている。

喪に服したお宅はいつも――そう、まさに伯父さんの家のように、家人と一緒に生気を失ったような、色を失ってしまったような気がする事が多いのに、伴野家は不思議とその逆に見えた。

ここは間違いなく生きている場所だ。

僕はなんだかほっとして、瞳が涙で熱くなった。

「あ！　いらっしゃいませ！　宜しくお願いしまあす！」

その時、どうやら庭にいたと思しき女性が、明るく大きな声を上げて駆けてきた。

ポニーテールを揺らして僕らを出迎えてくれたのは、一家で一番身長が高く、伸びやかな手足を持つ奏歌さんだ。

亡くなったお父さんの隼人さんも、身長が高く、同じように手足の長いすらりとした男性だった。

高い頬骨も隼人さんの面影がある。

こんな時でも――いや、もしかしたらこんな時だから、無理にでも、なのかもしれないが――はつらつとした彼女の笑顔は、遺影の中の隼人さんによく似ていると思った。

遺影と比べるなんて……とも思ったけれど。でも遺影の中の隼人さんも、本当に優しく、明るく、印象的な笑顔だった。

「おかーさん！　おねーちゃん！　お葬式の人来てくれた！」

玄関で奏歌さんがそう叫ぶ。

『お葬式の人』なんだ、と僕と望春さんはちょっと顔を見合わせ、そして頰が緩んでしまった。

思わず口角が上がってしまうほど、あけすけというか、無邪気というか。『お葬式』という言葉と、あまりにもギャップのある声だった。

「宜しくお願いします」

奏歌さんに呼ばれて、残りの三人が僕らをそろって玄関で迎えてくれた。

「どうも、すずらんエンディングサポートの村雨と雨宮です。こちらこそ今日からどうぞ宜しくお願いします」

そう改めて挨拶する望春さんの横で、僕も頭を下げる。

「ありがとうございます。私達だけでは、もう全然片付きそうになくて」

そうほっとしたように言ったのは、母のえり子さんだった。

葬儀から少し時間が経って、随分気持ちも落ち着いたようだ。華奢で小柄な体型も相まって、あの時は後を追うように、そのまま悲しみで亡くなってしまうんじゃないかと、そんな不安にかられたけれど、今日は顔色もいい。

柔らかく微笑んでくれたその笑顔は童顔で、下がった目尻は奏歌さんによく似ていた。

お父さんとうり二つな気がしていたけれど、目元はお母さん似だったのか。

その隣に立つ遥花さんは、奏歌さんほどではないけれど、女性の中では身長が高い方だろう。こうやって見ると、もしかしたら一番お父さん似なのは、遥花さんかもしれない。

きりっとした目元や、すっと通った鼻筋、高い頬骨も。

そして一番お母さん似なのは、末っ子の駆流君だった——もっとも、まだこれから彼は大きくなるのだろうけれど。

でもお母さんに似て小柄で、喪主として立っていた時よりも、ずっと幼く見える。

「…………」

それにしても、こうやって並んでいるのを見ると、三人は間違いなく、隼人さんとえり子さんの遺伝子を受け継いだ子供達なのだと思った。

僕は、当然血の繋がらない父さんとも、そして母の妹である母さんとも、あまり似ていない気がするから、余計に彼らを見て『家族』なのだと思った。

僕は誰に似ているんだろう——。

一瞬そんな感傷じみた想いに囚われたけれど、勿論そんな事をぼんやりと想い耽っている余裕はなかった。

なにせ伴野家は5LDKの一軒家で、ここから3LDKのマンションに引っ越すのだ。

隼人さんの荷物を処分するだけでなく、家族全体の荷物を減らす必要がある。

僕らはその手伝いまですることになっているのだ。

父親を亡くし、新たに生活を始める一家の再スタートをバックアップするのが、今回の僕らの役目。

大変な作業だし、一家の悲しみに寄り添うのは辛い事だろう——と、思ったけれど、それでも彼らはもう前を向いているようで、僕は少しだけ安心した。

とはいえ、それはどこか不自然に感じるほどで、きっと彼らは前を向く努力をしているのだろう。

せめて少しでも、それを後から支えられるように、僕も頑張らなきゃと、心に強く誓ったのだった。

弐

一軒家からの引っ越しなので、荷物は随分減らさなければならない。

結果的に、『これから』のある子供達や奥さんの物より、ご主人の物を重点的に処分することになる。

最愛の夫と別離れた直後に比べ、えり子さんは本当に落ち着いた——と思ったけれど、結局それは平常時の話であって、やっぱりご主人の物を片付けるとなると、思い出と涙が溢れてしまって、作業は遅々として進まない。

なので望春さんがえり子さんにつきっきりで、根気強く片付けていくことになった。

多趣味な彼の本やフィギュア等は、適正価格で引き取ってくれるショップに既に売却済みで、あとの物は好きに処分していいと言われているものの、えり子さんにとっては、その『好きに処分』がとても難しい事はよくわかる。

だから僕は三姉弟と行動することになった。

やはり姉弟の中で片付けの指揮を執っているのは長女の遥花さんで、僕は結局彼女と一緒に様々な作業を手伝った。

大学を休んで来ている事もあって、早く済ませてしまわなければという意識も強いのだろうけれど。

でも、とにかく同い年なのに、僕よりずっとしっかりしている遥花さんには、何度も驚かされた。

そういえば僕は、葬儀の時からずっと、彼女の泣き顔を見ていなかった。

ぎゅっと眉間に深い皺を刻むのは見ていても、その両目から涙が溢れるのは見ていない。

「ガレージにも父の物は多いんです。バイク用品やキャンプ道具ですね」

「キャンプ用品などは、今は特に中古の人気も高いので、捨てるのではなく売りに出す方が良いと思います」

「お金……になりますかね。結構使い込んでいるというか、使用感は強いと思うのですけれど」

「手入れの仕方次第ですかね。汚れが激しいと査定価格は下がってしまいますけど、使える物なら値段がまったくつかないって事は無いと思いますよ」

「だったら、カナカケの進学費用の為にも、少しでもお金になった方がいいですよね……」

「あ、そうですね」

そうか、奏歌と駆流で『カナカケ』なのか。お姉さんらしい呼び方に、内心ふふ、となった。

リビングでそんな話をしながら、実際ガレージを見てみましょうか、ということになった僕達が、庭のガレージに移動しようとすると、各自自分の部屋を片付けていたはずの『カナカケ』が、いつの間にか後から付いてきた。

「二人とも、ちゃんと自分の部屋をやりなさいよ」

「だってガレージは勝手に片付けて欲しくない」

そう軽く叱るように言った遥花さんに、奏歌さんが反論する。

「うん。お父さんのキャンプ道具は捨てないで欲しいな」

と言ったのは駆流君だ。

「でも、売ったらお金になるかもって、整理士さんが」

「えー……」

不満げな視線を、カナカケが僕に送ってきた。いや……べつに僕が売るって言っているわけじゃないし……。

「あ、いや、勿論処分したくない物は、残されて全然良いと思いますよ？」

「良かった！　確かにこれからはそんなに使わないかもしれないけど……これは捨てたくないよね」

「うん」

と、カナカケがうなずき合うのを見て、遥花さんが「うーん」と唸った。

「でも、逆に言えば、じゃあお父さんの物で捨てたい物があるの？　確かに懐かしい物でも、処分していかないといけないのよ。その為にお手伝いに来て貰ってるんだから」

思い出だけでなく、今後必要な物か、不要な物かで判断しなきゃ、と遥花さんは言った。

確かにそうなのだ。結局どんなものだって、遺された人達は処分したくないだろうから。

「えー、でも……」

「お父さんがいないのに、今後アウトドアグッズが我が家に必要になると思う？」

「そうだけど……」

カナカケが目に見えてしゅん、としてしまった。

「あ、でも、アウトドア用品は、災害時の備えにもなりますから、まったく不要って事も無いと思いますよ？」

慌ててそう僕が助け船を出すと、二人は目に見えてぱーっと表情を輝かせた。わかりやすい子達だ。

「だから、全ては処分せずに、数を減らしたり、古い物、使い勝手の悪かった物などは手放して、ランタン等災害対策に使える物を、選んで残していきませんか？」

「なるほどです。そうしましょう」

遥花さんが神妙な表情で頷いた。

余談だけれど、今後も何度か聞くことになった、この『なるほどです』という遥花さんの妙に真面目な相づちが、僕の中でしばらくブームになった。

そんな訳で、三人はガレージに次々とキャンプ道具を並べはじめた。

家族で何度も出かけたのだろう、全体的に確かに使用感はある。

同時に上手くコンパクトにまとめられているという印象だ。コンテナにそれぞれの用途ごとにまとめられ、とても使いやすそうだ。

わかりやすく『買ったけど使わなかった』と思しき道具達は、段ボールに綺麗に箱に入れて収納されている。

確かにコンパクト、かつその燃焼効率の高さから、燃えかすが残らない事で有名なSOLO STOVEは、結局暖を取るには小さすぎるし、わざわざ薪（まき）を小さくしなければならないのが手間で、勇気（ゆうき）さんも買ってほとんど使わなかったと言っていたっけ。

それに直火で料理すると、調理器具がススだらけになってしまうし、後から大変なんだよな……。

他にもウォータージャグ、ガソリンランタンとランタンスタンド、結局使いにくかったり、使う必要がなかったんだなと思しきアイテム達は、このままそっくり売りに出しても良いだろう。

悩ましいのは、思い出の残る物の方だ。

子供の頃みんなで行ったキャンプの道具——アウトドアが趣味だった隼人さんと、あたたかい時季は休みの度に、家族揃って道内各地のキャンプ場を巡ったそうだ。

「でも、私も奏歌も部活があったり、段々週末に予定が増えてきて」

成長に合わせて、親と遊びに行く機会が減るのは当然だろう。僕もそうだった。

だからその頃には、隼人さんと駆流君、父と息子の二人でキャンプにいくようになったが、それも駆流君が小学校の高学年になる頃には、随分減ってしまったという。

「最後にみんなで焚（た）き火とかしたの、いつだったかなぁ」

と奏歌さんが呟（つぶや）いた。

「でも火だったら、庭でよく焼肉やったでしょう」

そう怪訝（けげん）そうに言ったのは遥花さんだ。

「そういうのとはちょっと違うでしょ？　朝、パパが火を熾（おこ）して、ホットサンドとか作ってくれたの、すごい美味（おい）しかったでしょ？」

「そんなの、肉とホットサンドの違いだけじゃない？」

「全然違うよ！　シチュエーションとかまるで違うし！」

「でも、あれでしょう？　セコマの百円の焼きそばとかナポリタンを挟んだ奴でしょう？　あれは普段も時々家で作ってくれたし、普通にいつも美味しかったけどな」

横で聞いていて、僕にはわかっていた。これは情緒的な話だ。

奏歌さんに比べ、遥花さんはちょっとリアリストなのかもしれない。

それにしてもセコマの焼きそばを挟んだホットサンドか……それは手軽で美味しそうだ……今度やってみようと僕はこっそり思った。

「……好きじゃなかった」

そんな姉妹のやりとりを聞きながら、駆流君は黙って焚き火台を見下ろし、やがてぽつんと呟いた。

「駆流？」

「僕、焚き火好きじゃなかったんだよね。終わった後、服とかすごい臭くなるし。たまに服とか焦げて穴あくし、逃げても逃げても煙が追いかけてきて目が痛くなるし」

確かに……逃げると何故か追いかけてくる煙は『焚き火あるある』だけど……。

「でもパパ、炎がレインボーになる粉を試してくれたり、木のぼっこに生地巻き付けて、焚き火パンとか作ってくれたりしたの、すっごい楽しかったでしょ!?」

「うん……でも『嫌い』って気持ちの方が強かった――だけど」

そう駆流君は一度言葉を呑み込み、二人のお姉さんを見た。

「お父さん、夜に焚き火の前でいろんな話をしてくれたし、お父さんとのキャンプの事を考えると、思い出すのは焚き火のことだよね。貝が爆発したとか、枕忘れたとか、ピンポイントで思い出す失敗談とかもあるけれど」

夜、怖いくらい星が広がる空の下、焚き火を囲んで家族で集った。

四角形の焚き火台。前にお父さんとお母さん、左側に遥花姉ちゃん。右側に奏歌姉ちゃん……それがいつの間にか、僕とお父さん二人だけになって、遥花姉ちゃんの席でお父さんと、色々な話をした――。

俯き加減でとつとつと、駆流君は呟くように言って、そうして再び顔を上げる。

「焚き火は大嫌いだけど、お父さんとまた焚き火がしたい」

そうくしゃっと笑ったように頬を歪めた駆流君の目から、大粒の涙がこぼれ落ちた。

そんな弟を見て、奏歌さんが、慌ててその肩を抱くように寄り添った。

「私もパパと焚き火したい。面倒くさがらずに、ちゃんと一緒に行くんだった！」

そう言って、奏歌さんも泣き出す。

奏歌さんと駆流君、二人で抱きしめ合うようにして泣き出したのを見て、遥花さんは擦れた小さい声で「やめなさい」と言った。

そうして悲しそうに焚き火台を見て――そして「やっぱり、これも処分しよう？」と二人を見た。

「なんで？　お父さんの思い出の――」

「思い出だから、見るとこんな風に悲しくなる。でもお父さんは、私達がこんな風に悲しくなってる事は嬉しくない筈よ。一緒についていかなくなった事も、それも私達の成長だったって、お父さんはちゃんとわかってたわ」

確かに遥花さんの言う通りかもしれない。防災として使える物はあるかもしれない。そういうものは家族を守る為にも、最低限は残した方が良いだろう。でもそれ以外は、もう全部処分した方が良い。

もしかして、いつか成人した姉弟に子供が出来て、またその子達と使う日が来るかもしれないけれど、その頃にはもっと使いやすい、新しい物が作られているはずだ。

「悲しんじゃいけないわけじゃないけれど、すすんで悲しくなる必要なんかない。だから、こんな風に思い出して二人が泣いてしまうくらいなら、全部手放そう」

そう力強く言う遥花さんの目には、やはり涙は浮かんでいない。本当に気丈な人だ。そして冷静で、現実的な人だ――だからこそ、弟妹達が可哀相にも思う。その正論に、異論を唱えるのは難しいのではないだろうか。

案の定カナカケの二人は、姉の提案に困り果てたように、わんわんと声を上げて小さな子供のように泣き出した。言い返して、姉を論破する事が出来ないと、二人はわかっているんだろう。

「あ……じゃあせめて最後に一度皆さんで使ってみたらどうですか？　最後に一回キャンプに行って、きちんと道具とも別れの時間を作ると、心残りも少し減るのではないでしょうか？」

僕は見ていられなくて、だから姉弟にそう提案した。

幸い旭川周辺には、手頃なキャンプ場が多い。

テント泊は無理でも、たとえばバンガローやコテージを利用すれば、キャンプもハードルが随分下がるし、どこか日帰りで帰ってくるんでもいい。

「なるほどです」

と遥花さんが頷く。

すると駆流君が、はっとしたように顔を上げた。

「そうだ……お父さん、入院してすぐの頃、死んじゃう前に最後にもう一回行きたいところがあるって言ってた」

「もう一回？　どこ？」

奏歌さんが涙を拭きながら駆流君を見る。

「それが、どこだかわかんないんだ。でも『今度はみんなで行けたらいいな』って言ってたんだ。だから、治ったら絶対行こうねって約束した……」

そしてその約束は、結局果たされなかった。

「そっか……じゃあ、せめて私達だけでも行ってきたいね。でも何処のことだろう」

奏歌さんが首を傾げる。

「今度はみんなで……という事は、少なくともご家族全員では行かれていない場所な気がしますね」

と僕は言った。

三人は頷(うなず)いてお互いに顔を見合わせ――そしてやはり思いつかない、というようにまた首をひねった。

「あと、お父さんに何か思い出深い場所はありませんか？」

そう問うた僕に、奏歌さんはうーんと悩んで、「あ、もしかしたら」と不意にワントーン高い声を上げる。

「もしかしたらだけど。パパ、ずっと昔にバイクで北海道を一周したらしいんです。その時に立ち寄った何処かなのかも――」

「そ、そんなの、ずっと前の話じゃない！」

言いかけた奏歌さんの言葉を遮るように、声を荒らげたのは、驚いた事に遥花さんだった。

「え……でも、ずっと前に行ったから、またもう一度って思って。それに、トラブルがあって、実際は全部は回れていないって――」

「無理にそこにこだわらなくても、家族でよく行った場所に行くんでいいじゃない！　キャンプ用品を使う為なら、どこだっていいでしょ！　そんな事より、二人とも荷物を片付けなさいよ！」

今まであんなにも冷静だった遥花さんが、どうしてこんな急に怒りだしたのかわからなくて、僕だけではなくカナカケの二人も困惑しているようだった。

とはいえ、荷物の片付けをしなければならないのは事実だ。

「ここで話をしていたって、家はひとつも片付かないんだから、ここは後回しにして、片付けられるところをどんどん片付けるの。いい？　二人とも」

そうぴしゃりと姉に言われ、二人は納得のいかない表情ながらも、「はあい」と返事をして解散した。

「やっぱり、二階の納戸の方を片付けようと思います」

「あ、はい」

遥花さんに険しい顔で言われ、僕まで怒られたような気になってしまって、僕もしゅんとして頷き、サッサと大股で家に戻る遥花さんを、小走りに追いかけた。

玄関に入る遥花さんの横顔は、なんだかとても辛そうだった。

参

その夜の診察で、僕はもう、それは景気よく泣いた。

「いい一家だと思うんですよ。だからこそ、なんとかしてあげたくて」

伴野家の葬儀の時、散々泣き尽くした気がするのに、今日もまだまだ泣けそうだ。

紫苑さんは僕の話を聞きながら、口元に微笑を浮かべ、僕の涙を丁寧にシリンジで吸い上げていった。

「隼人さんも、せめてちゃんと具体的に何処に行きたいか、教えてくれていたら良かったのに……紫苑さんも、目的地がどこか予想はつきませんよね？」

「そうだね。さすがに判断材料が少なすぎるから」

「判断材料……そうですよね……」

はあ、と涙と一緒に溜息が洩れてしまった。

だけどせっかくだから、家族の想いも、そして亡くなったお父さんの悔いも、両方晴らしてあげたいと思う。

「でも、バイクで北海道一周なら、愛に聞いてみたらどうかな？」

「え？」

「彼女、確か一昨年ぐらいに走っているはずだから。実際経験している彼女なら何かわかるかもね」

「へえ……愛さんが……」

なるほど、バイクで北海道一周とか、確かに愛さんらしいといえば、愛さんらしい。

「あとは……父親が具体的な場所を言わなかったという事は、言うと何か不都合があったのではないかな」

「不都合？　例えば？」

「さあね。例えば誰かが傷つくとか？」

「…………」

そう言われて、思い浮かんだのは日中の遥花さんの事だった。

急に声を張り上げたこと、そして家の中に戻る時のあの表情を。

「それまでずっと冷静だった遥花さんが、急に怒り出したんです。目的地はどこでもいいって、そう無理矢理話を切り上げようとした気がしました。なんだかそれに妙に違和感を覚えたっていうか……」

「話を切り上げたのだったら、単純に考えて、彼女にとって都合の悪い話題だったんじゃないかな」

「お父さんの行きたい所が、ですか？」

「それで家族が何か思い出してしまうのが怖かったか、罪悪感を覚えたか」

「罪悪感、ですか……」

そう言われると、彼女のあの表情、なんだか納得ができた。

「なんていうか、悲しいとか、切ないっていうより……『痛い』に見えたんです。上手く言えないんですが……」

もっと胸に鋭く刺さるような感情を、持て余しているように見えたのだ。

「もしかしたら、彼女は何か知っているのかもね。でも、彼女の言う通り、もう既にいない人の望みを叶えることに、本当に何か意味があるんだろうか？」

「え……？」

ハンギングチェアの上で足を組み、リラックスした表情の紫苑さんだったけれど、それまで通りの優しい笑みに見せかけて、その目はまったく笑っていない。

それは微笑みの陰で、僕を嗤っているか、蔑んでいるようにも見えた。

「あ……」

僕はなんだか急に、自分が愚かに感じた。

でも――。

「……約束も、死にますか？」

「え？」

「約束をした人が死んでしまったら、約束も死にますか？」

「…………」

僕の質問に、初めて紫苑さんが、驚いたように僕を見た。

「僕は……僕はたとえ相手が死んでしまっても、約束は生きると思う。新月と一緒で、見えなくても確かに存在するって」

一瞬言い淀んだのは、紫苑さんが怖かったからだ。

でも、それでも僕は彼に屈したくなかった。この事は。この事だけは。

「……故人との約束を姿の見えない新月と思うのか。だけど見えない星を忘れてしまったとしても、それを咎める人はいない。ベテルギウスも満月も、輝いてこそ人にその輝きを讃えられる」

紫苑さんの声は、眼差しは、まるで冬の星のようだ。

だけど冬の夜に輝く平家星は、もう寿命を迎えると言われている。確かに消えてしまったら、その星があった事を忘れる人はいるだろう。

でも、きっと忘れない人だっているはずだ。

僕は……伯父さん達がいなくなっても、愛された思い出が、まだ僕の中で呼吸をしているのを感じている。

約束は、絆で、想いだ。願いだ。

姿が見えないだけで、想いまでは消えてしまわない。絶対に。

「元々心や想いには、形なんてない。でも確かに存在してる。違いますか？　僕は約束だって、同じだと思う——紫苑さんは、馬鹿みたいだって思うかもしれないけど」

リクライニングソファから身を起こし、そう言う僕の目に涙が伝った。

紫苑さんはそんな僕の涙を指先で払うと、そのまま僕の頬を撫（な）で、僕の額に自分の額を押しつけた。

「……いや、そんな事はない。君の言う通りだ――僕もいつも、月を見ている」

紫苑さんはそう擦（かす）れた声で呟（つぶや）くと、何も言わず自分の部屋に消えてしまった。

「…………」

いつも喜怒哀楽は見せかけのような、人間離れした悪魔――そんな紫苑さんの『感情』を、初めて見た気がした。

肆

「ええ、子供達からも聞きました。キャンプですよね？」

翌日、望春さんとえり子さんの作業を手伝うことになった僕は、昨日の三姉弟（きょうだい）のガレージでの一件を話した。

「確かに処分前に、最後に使ってお別れ、というのは物と思い出との、良い別れの形だと思います。そのまま手放してしまうのは、お子さん達もお辛いでしょうから」

新しいゴミ袋と、段ボールを用意していた望春さんも、顔を上げて言った。実際に使ってみて、残す防災用品を決めるのも良いと言う。

「私も旭川を離れる前に、子供達と一度くらいは行きたい気持ちもあります。でも……

私も娘達も、本当にキャンプなんて出来るかどうか。駆流は自分が出来るって言ってましたけれど、テントを建てるどころか、一人で火を熾した事もないと思うんです」

確かに夫に習ったりはしてたでしょうが……と、えり子さんは困ったように眉を顰めた。

こんな事なら、きちんと自分も覚えるんだった……と、がっくり肩を落としたえり子さんの目から、またじんわりと涙があふれ出したのを見て、僕は慌ててしまった。

「あ、あの！　じゃあ、もしお嫌でなければ、同行しましょうか⁉」

「え？」

「ご家族の邪魔にならないように、僕は伴野さん達の設営や、火熾しだけお手伝いして、ちょっと離れた所でソロキャンしましょうか？」

「それは……むしろ雨宮さんにご迷惑過ぎないでしょうか？」

明らかに戸惑ったように、えり子さんが瞬きをして僕を見る。

でも僕自身は、正直別にそんなに負担には感じないように思った。それで一家がご主人の愛用の道具達と、良い形で別れられるというなら本当に嬉しい。

「あの……そんな事までしていただいて、いいのでしょうか……？」

と、えり子さんが確認したのは望春さんにだった。望春さんは眉間に皺を寄せ、困ったように微笑んだ。

「それは……弊社でという訳ではなく、雨宮が個人的にご同行する形になってはしまいますが……とはいえ、雨宮のひととなりは私が保証いたしますし、もし何かありましたら、私が責任をとらせていただきます」

そう望春さんか、かしこまった言い方をしたので、改めて僕は軽い善意のつもりでも、何かあったらミュゲ社に迷惑がかかる事、そしてよく考えてみたら、駆流君以外みんな女性だという事に気がついた。

「あ、あの……みなさんのご迷惑になるような事はしませんので……」

勿論(もちろん)『何か』なんてある筈(はず)がないと思ったけれど、望春さんにこんな事を言わせてしまった自分の迂闊(うかつ)さを後悔して、僕は慌てて望春さんに『ごめんなさい』とアイコンタクトをした。

望春さんは、そんな僕に苦笑いを返す。

「彼もアウトドアが趣味なんです。幼い頃から親御さんとよく行ったそうなので、お子様方とお話が合うかもしれません。なので、本当に奥様のご迷惑でなければ、同行させてやってください」

「迷惑だなんて！　ありがたいです。子供達が喜びます！」

改めて望春さんがえり子さんに頭を下げたので、彼女は僕と望春さん両方を見て、慌てて首を横に振った。

良かった、逆に迷惑になってしまうところだった。

「それで……実は駆流さんから伺ったんですが、生前、ご主人が『今度はみんなで、もう一度行きたいところがある』と仰っていたそうで……何か心当たりはありますか？」

またこんな事を聞いたら、えり子さんが泣いてしまわないか不安ではあったけれど、僕は思いきってそう切りだした。

奏歌さんと駆流君は、できればそのお父さんとの約束を果たしたいと思っている事も。

「何処でしょう……正直、色々な場所に行ったので。夫はとにかく休みとなると、子供達を連れて出かけたい人でしたから」

「北海道一周旅行はどうでしたか？　奏歌さんの話では、本当は一周できなかったって」

「ああ……」

それを聞くと、えり子さんの表情が、目に見えて曇った。

「……そうですね。夫は過去二回、北海道を一周しようとしたんですが、二回とも全部は回れずに帰ってきたんです」

「二回とも？」

「はい。最初は……道がどこか土砂崩れか何かで閉鎖中で通れなかったとか……確か道南の方だったと思います」

道南の土砂崩れ……そういうニュースは聞いた事がなかった。

「いつのことですか？」

「結婚する前ですから……二十五年か二十六年前ですね」

それは随分前の話だ。僕が生まれる前じゃないか。

「それじゃあ二回目は？」

「…………」

その質問に、えり子さんは少し俯いて黙ってしまった。

「あの……」

聞いてはいけないことだったんだろうか。

「理由は……遥花が入院したからです」

そうぽつりと答えてしまうと、話しやすくなったのだろうか。えり子さんはとつとつと語りはじめた。

十八年前の、苦い思い出話を。

「主人はバイクが大好きで、休みの度に乗っている人でしたが、遥花が生まれてからは乗るのを控えると言っていて。二回目の北海道一周は、乗り納めのような意味だったんです――」

隼人さんが二度目の北海道一周を決めたのは、遥花さんが丁度生後半年ぐらいの頃だった。

夜泣きが増えたり、思ったように寝返りやずり這いができずに、突然火の付いたように泣き出したりすることが増え、正直心の安まらない辛い時期だったけれど、えり子さんは夫がどれだけバイク好きかは知っていた。

だからえり子さんは、夫の北海道一周旅行を止めなかった。

交際期間が長く、もうそろそろ結婚しようかと、そんな話をしていた矢先にわかった妊娠で、バタバタと婚姻届けを提出したりし、その後は胎盤の位置が良くないと、妊娠期間の後半はずっと入院になったそうだ。

産後も帝王切開だった妻を案じて、隼人さんは随分家事も育児もしてくれた。

これまでずっと、夫の献身に感謝をしていたえり子さんには、それをダメだなんて言えなかったのだ。

けれどいざ迎えた出発当日の朝、遥花さんが熱を出したという。

「私はまだ赤ちゃんの病気に慣れておらず、とても不安な気持ちで。だから主人にも、予定は延期して欲しいって言ったんです」

全てが初めてばかりの最初の子供の育児では、不安はまさに恐怖と同じだ。

確かに実際決定的な失敗が、赤ちゃんの命に直結していることは、僕でもわかる。慣れなければ、全ては怖いことだろう。

とはいえそんなに熱も高くないし、そう簡単に纏まった休みも取れない。

結局、『これで最後だから』とえり子さんを説き伏せて、隼人さんは予定通り、バイクで旅に出て行ってしまった。

出来る事なら、笑顔で送り出してあげたかったが、独りで病気の娘の世話をする、えり子さんの不安は大きかった。

そしてそれ以上に、自分と娘を蔑ろにされたような、そんな気分になってしまったのだ。

だから旅に出ている夫に、電話の一つもしなかった。

実際赤ちゃんが心配で、それどころではなかったという。

そうして四日過ぎても遥花さんの熱は下がらず、それどころか、高くなってしまった。

「そして……小さな子が高熱を出すと、時々起こりえる事なのですが、あの子が突然、熱性の痙攣を起こしたんです」

それは丁度、遥花さんを病院に連れて行く所だったという。

「突然、さあっと唇まで真っ青になって、身動きしない遥花を目の当たりにして、私は本当に怖くなって。急いで病院に駆けこみました。熱も高いことからそのまま入院になって……なのに、こんな時なのに、夫は暢気にバイクを楽しんでいるかと思ったら、許せなくて」

勿論まだ連絡をしていないのだから、夫は『こんな時』を知らないのだ。

だから責めるのも詮無いし、険悪なムードを気にして、夫からもほとんど連絡がない事も頭では理解出来た。

だって彼は喧嘩が嫌いな人だから……それでも、病院のベッドに横たわる娘の姿を目の当たりにして、えり子さんの張り詰めていた糸が、プツッと切れたのだった。

「電話越し……今まで溜まっていた鬱憤を、全部夫にぶつけました。私より、そして遥花よりバイクが大事なら、家族として一緒にいる必要はないでしょうって」

今思えば酷い事を言ってしまったと、えり子さんは後悔を口にした。

とはいえ、弟の熱性痙攣を見た事のある僕は、えり子さんの気持ちがわかると思った。僕もあの時は、弟が死んでしまうと思ったからだ。

「さすがに私の剣幕に驚いたんでしょう。夫は予定を切り上げて、翌日の朝には戻ってきました。そうして病室を訪れると、遥花は熱が下がらず、喉が痛いのかおっぱいもあまり飲んでくれない為に、点滴に繋がれていました」

隼人さんは、そんな我が子の姿を見て、やっと事の重大さに気がついたように、えり子さんと遥花さんに、何度も何度も謝ったのだそうだ。

幸い、熱の原因は突発性発疹で、脱水症状と高熱のために、もう数日入院はしたものの、すぐに遥花さんは元気を取り戻し、大事には至らなかった。

「それを機に、夫は一切バイクに乗らなくなりました……でもそんな状況だったので、二回目の北海道一周で、何処を走ったかとか、そういう話題は一切出ていなかったんです」

伴野夫妻は、お互いなんとなくタブーのように、その話題を避けてしまった。

どちらも負い目のように感じていたからだろう。

「私だって、別にもう二度とバイクに乗らないでと、そこまで言ったつもりはなかったんです。でも……」

そこまで言って、えり子さんはふと、僕らに「雨はお好きですか？」と問うた。

「ええと……私はどちらかと言えば、晴れてる方が」と望春さん。

「あ……僕は、うーん……嫌いではないかも、でもすごい好きなわけでは……」

僕らが答えると、「ですよね」とえり子さんが頷いた。

「でも私は大好きです――雨だと、主人はバイクに乗りに行きませんから」

そう言って、彼女は窓を見た。今日は奇しくも、外は朝から雨が降っている。

「子供達が生まれる前は、お出かけ日和には、きまって夫は友人達とバイクに乗りに行ってしまったんです。でも雨が降ると中止になって、私の所に戻ってきてくれたから……だから今でも、雨が降ると少し、胸が高鳴るんです」

えり子さんは自分の胸をそっと押さえ、「もう主人はいないのにね」と、寂しげに微笑んだ。

「……子供が出来てから、それでは困ると思いました。休日ぐらい、子供達にお父さんと一緒の時間を過ごさせたいし、色々な経験もさせてあげたかったから。だからせめて、今までの半分くらい、晴れた日も家にいて欲しかったんです」

でもあの日、可哀相な娘の姿を見てしまった彼は、それからピタッとバイクに乗るのをやめてしまった。

　あれほどまでに大好きだったバイクに、きっぱりと乗らなくなったのだ。

　そうして、彼は家の事を妻任せにもせず、休みの日は子供達を沢山遊びに連れて行ってくれる、最高の夫になった。

「嬉しいけれど……後悔もあります。彼は幸せだったのか。私が夫の一番大切な物を、奪ってしまったのかもしれないと……だからこそ、夫は最後にもう一度、行きたい場所があったんじゃないでしょうか」

　私のせいで行けなかった場所に……と、えり子さんは呻くように言った。

「これも罪滅ぼしと言うのでしょうか。もし本当に主人が、生前行きたいと言っていた場所があるなら、子供達だけでも連れて行きたいです……もう一度子供達とも話し合ってみようと思います」

　その日の話はそこで切り上げて、僕らは伴野家の掃除に取りかかった。

　三人の子供を育ててきた家には、それだけ家族の思い出の詰まった物が沢山あるのだ。

　ご主人の物の処分だけでは、えり子さんはあんまり悲しすぎて、続けられないと判断した望春さんは、今日は納戸や押入れの中に詰め込まれた、もうとっくに着られなくなった子供服や玩具、ベビー用品の処分をする事にした。

　既に三回帝王切開をしているえり子さんは、これ以上はリスクが高すぎる為に、もう自分は出産しないのだから……といいつつも、なかなか思い出の品が捨てられないでいたそうだ。

とはいえ、結局残したところで、もう使う事はない物ばかりだろう。

キャンプ用品同様に、孫に残したところで、その子達が使う頃にはどれも古くなりすぎている。

ひとつひとつ思い出を確認し、結局ほんの一部の思い出の一着を残して、彼女はそれらをほとんど処分した。

覚悟さえ決めれば、思い切りのいい人である事に、望春さんも少し安心したようだ。

このまま家が片付かなくて、契約期間が延長されてしまうのは、僕らとしても次の仕事に影響があるし、何より追加で報酬を請求しなければならなくなってしまう。

一家の大黒柱を失った伴野家だ。出来れば通常の契約範囲内で作業が終わる形にしてあげたいというのが、望春さんの希望だった。

問題は最終的に隼人さんの荷物の片付けになる事は、望春さんも予想している。今の所、辛い作業は全て後回しにしているからだ。

人の気持ちは一日二日で変わりはしないけれど、それでもこの作業の間に、少しでも覚悟を決めて貰いたいのだ。

勿論全てが辛いだけであっては欲しくない。せめて最後のキャンプが、一家にとって楽しいものになって欲しいと思うのは、僕の望みすぎだろうか？　と心配になったけれど、僕が同行するとわかって、駆流君は随分喜んでくれた。

話し合った末、二週間後の海の日の三連休に、僕は一家と一緒にキャンプに行く事になった。

が、問題は目的地、だった。

隼人さんが場所を家族に明言しなかったのは、やはり北海道一周に関わる場所が目的地だったからなんじゃないかと思う。

夫婦の間でタブーな話題だったから、はっきり言えなかったんじゃないだろうか。

「社員にも、バイクで北海道を一周した経験者がいるので、社に戻ったら話を聞いてみようと思います」

その日は去り際にそう言って、僕は伴野家を後にした。

伍

温い小雨の中ミュゲ社に戻り、僕は日中望春さんが、雨よりも晴れが好きといった理由は当然だなと思っていた。

雨は気分も落ち込みやすいし、何より様々な作業に更に気を遣わなければならなくなる。

それに遺品整理の仕事にも差し支えがありそうだ。

今回みたいな綺麗なお宅なら良いけれど、所謂ゴミ屋敷のような案件は、この時季の高温多湿が、本当にしんどいのだろう。

ミュゲ社のサポ部のオフィスに入ると、今日も大変だったと思しき作業を終え、シャワーですっかりいい匂いになった愛さんが、大嫌いな事務作業に仏頂面で取り組んでいた。

「バイクで北海道一周か。にゃーるほどね」

椅子の背もたれに寄りかかって、ふんぞり返るようにしながら、彼女は宙を仰いだ。

「うーん、でも、さすがに二十五年前じゃね……あ、ちょっと待って」

と、言ったかと思うと、ドスドスと慌ただしく、葬儀部の方に消えた。

程なくして仕事をサボる大義名分が出来たように、ウキウキした足取りで戻ってきた彼女は、「いい人連れてきた」と、小葉松さんを連行してきたのだった。

「え？　小葉松さんもバイクに乗るんですか？」

「え、いえ、私は……」

「ううん。でも十年以上前に、毎年道の駅スタンプラリーに燃えてた時期あったんだよね？」

へぇ……小葉松さんは、あんまりドライブとか行かなそうなイメージだったけど、意外に多趣味なんだなと思った……のは、さすがにちょっと失礼か。

「ええ。十年と言わず、もう二十年以上前になります。今ではすっかり数が多すぎて、回れないですが」

けれど二十年前は、毎年休みのたびに車で北海道中の道の駅を回って、スタンプを集めるのを楽しみにしていたのだという。

「確かに、だったら逆に隼人さんが旅をしていた時期と重なりますね」

「でしょ？　だからバイクで北海道一周するとしたら、どんなコースを回ってそうか、道情報とか参考になるかと思って」

特に通行止めで通れなかった場所がどこかわからない？　と愛さんに聞かれ、小葉松さんは、そういえば……と宙を仰いだ。

「道南でしたら……確か痛ましいトンネル事故が起きた後で、危険箇所のある古いトンネルを、何カ所も閉鎖していた時期があったと思います」

もう随分前なので、具体的にどこ、というのは本格的に調べないとわからないだろうけれど、とはいえ日本海側の海岸線はトンネルが多い。

「だから、海岸線をぐるっと回って一周したいと思っていたなら、コース変更を余儀なくされていた可能性はありますね」

それを聞いて、僕はふと思った。

「ちなみに、北海道一周って、定番のコースとかあるんですか？」

それを聞いて、愛さんが「あるね」と頷いて見せた。

「大体ではあるけど、やっぱり北海道一周するなら、確かに見ておきたいところ、踏んでおきたい場所があるだけじゃなく、あとはどこで泊まって、どこで給油するかとか重要にはなるのよ。基本夜走るの怖いし」

と愛さん。

「そうですね。夜道は車でも緊張しますね。鹿の飛び出しは北海道各地、どこも結構怖いですから。それに知床(しれとこ)の方に限らず羆(ひぐま)が生息しています。バイクのシーズンは羆たちも活発ですから、そのへんで野宿というわけにもいきません」

さらに小葉松さんがそう言い添えた。

「後は……前回行けなかったという事を踏まえてのリベンジ旅行なら、できるだけ前回行けなかった所を、先に回る気はしますし、二回目は道南の方から回っていったのかなって思いますすね」

「なるほど……です」

僕は神妙に頷(うなず)いた。

「確かに子供が病気なら、万が一の途中帰還も考えたろうしね。二回目は日本海側から先に……って思うけど、でもバイクは天候との兼ね合いもあるしなぁ」

「ううーん」と愛さんが唸(うな)る。

「それは確かにそうですが、奥さんの電話を受けて、早朝に出発し朝のうちに旭川に戻れる距離の場所にいたのではと思うんですよね。夜中に走るとは、やっぱり考えにくいですから」

二人の考えはこうだった。

隼人さんが『もう一度行きたい』と言ったということは、既に一度は行っている場所、かつ、少なくとも駆流君は行っていない場所。

そして言葉を濁したという事は、やはり途中帰還した二度目の一周の方に関わる所なのだろうと。

おそらく、二度目は確実に走破したかった、道南を優先的に回っただろう。

なので道南方面は、目的地の候補から外しても良いのではないだろうか。

「じゃあ、嫁の怒りの電話を受けた時、旭川から三〜五時間くらいの所にいたのかな……って、結構候補の広がる時間だわね」

あんまり絞れてない、と愛さんがますます頭を抱えてみせた。

「でも私だったら旭川から増毛に出て、そこから海岸線を南下していって、下回りで北海道一周ってカンジかな。何日の予定だったんだろ？」

「日数……ちなみに、北海道一周って、どのくらいかかるんですか？」

「それはどう回るかにもよりますね。ただ単純に外周、海岸線をぐるっと回るんでしたら、距離はだいたい２３００㎞。最速で五日、ゆっくり回って二週間という所ですかね」

小葉松さんはそう答えると、北海道地図を開いて、タブレットを僕らの目の前に置いた。

「内陸に寄り道すれば、その分距離も増えるからなんとも言えないけど、私は海岸線沿いをひたすら走って、ほとんど観光しなかったから、六日で一周して戻ってきた」

愛さんが言うのを聞いて、小葉松さんも頷く。

「一度回られていて、仕事もされている方となると、おそらく最短で回られる気がしますね。天候不良もあり得ますし、予備日をとって一週間くらいと考えられていたんじゃないかと思いますけど」

確かに北海道在住で、それなりにフットワーク軽く出かけていた人なら、今更わざわざ観光を楽しみながらの旅にする事も無いだろう。

「だったら道の混み具合とか、夜走れないことなんかを考えると、毎日早めの出発をして、一日の走行距離は350km～450kmくらいかな。多少は観光なんかって考えると、一日300kmくらいがベストではあるけど」

海岸線沿いの、走りやすい北海道の道路ならではの距離感だなと思いながら、悩んだ末に僕はえり子さんにメールをしてみた。

幸い返信はすぐに来た。

「ええと……やっぱり休みは一週間……一日予備日で考えて、六日くらいの予定と聞いていたそうです」

「でしたら日程的に考えると、網走(あばしり)市や紋別(もんべつ)市あたりから旭川市に戻ってきた、とかでしょうかね」

「私なら斜里で泊まりたいとこだけど、でも確かに翌日稚内泊なら、網走まで頑張るかなぁ」

「ですよね、温泉も浸かりたいですし」

「シマリスとも触れあいたいし」

「シマリス？　小さいリスの？」

「そ。ムクムクでっかいエゾリスじゃない方。なんかシマリス公園っていう、かわゆいシマリスを存分に愛でられる施設があんの。あとジェラート屋さん」

　そんな愛さんと小葉松さんの話を聞きながら、僕は地図を見下ろした。

　北海道に住んでいるのに、意外に行った事がない所ばかりだと、改めて地図の向こうに思いを馳せる。

　せっかく大きな北海道にいるのに、僕の生きる世界は、こんなにも狭い――。

「とはいえ、これぱっかりは天気次第なとこもあるんで、ほんとなんとも言えないな。もうちょっとなんか絞り込めたらいいんだけど」

「そうですね。天気が悪いから、先に道北をとか、道東から回っていくこともあり得ますしね」

　とくに車と違い、バイクで激しい雨風に晒されて、海岸線を何時間も走るのは辛いし危険だ。

　だから日程は天候に大きく左右されてしまうそうだ。

「あと泊まるのが宿やライダーハウス中心か、キャンプが多かったかっていうのにもよるかな。キャンツー中心だったら、勇気の方がわかるかも」

愛さんは本人曰く、『一応、女一人のツーリング旅』だし、防犯的に、そして体調のことも考えて、全泊ホテルをとったらしい。

だけど基本はキャンプという人も少なくはないのだ。

「勇気さん、今日この後仕事終わりに駅前で待ち合わせて、一緒にキャンプ用のギアを見に行く約束してるんですよね。その時に彼にも聞いてみようと思います」

そんな風に答えながら、自分が北海道一周するわけでもないのに、僕はちょっと胸がわくわくするのを感じていた。

陸

そうして仕事を終えた後、僕は旭川駅の方に向かった。

待ち合わせていたのは、駅直結のショッピングモールのフードコートだ。

天気はすっきりしないけれど、夕方六時を過ぎて駅から通り抜けていく人や、夕食をとる人で賑わっている。

微妙に小腹が空いてきたし、どうしようかな……なんて、立ち並ぶ店を見回すと、ハンバーガーショップの前、ほとんど手つかずのバーガーセットを並べ、ぼんやりしている遥花さんの姿があった。

どうしようと悩んだ。

気がつかない振りをした方が良いだろうか？

でもその物憂げな表情が心配で、結局僕は彼女に一声だけでもかけることにした。

「こんばんは。今日はお疲れ様でした」

そうミルクティー片手に話しかけると、彼女は僕を見上げ――「ああ……すずらんさんの」と、一拍おいて応えた。

「あ、座りますか？」と前の席を勧めてくれた。

幸い、嫌々という表情ではないことにほっとする――勿論、内心はわからないけれど。

「お買い物ですか？」

遠慮なく腰を下ろしながら、そう問うた。

「はい。ちょっと気晴らしがしたくて……一人になりたかったっていうか。うち、私のまわりの人口密度が高すぎるんです」

と遥花さんが苦笑いする。

なんとなくわかった。みんな彼女を頼りにしているのだろう。

「あ、じゃあお邪魔ですよね」

「あ、いいえ。独りで持て余していたのも事実ですから。雨宮さんはお買い物ですか？」

「いえ、同僚と待ち合わせなんです」

「そうだったんですね」

と遥花さんは愛想良く言ったものの、そこから二人とも、なんとなく会話が途切れてしまった。

結局、回りくどい事を省略し、僕は本題を切り出した。

「実は僕も最近、家族を亡くしたばかりなんです」

「え？」

「だから余計に今回……ばたばたと物事が進んでいると思うので、心とか、目に見えないけれど大事な部分が、少し置いてきぼりになっているんじゃないかと心配になったんです」

特に葬儀の時も母に代わり、しっかり頼もしい長女として、泣きもせずに対応していた遥花さんだ。

張り詰めた喪服の横顔は、家でも変わらない様子で、見ていて不安になった。

「でも、ずっと気を張っていないと、糸が切れたら頑張れなくなりそうで……」

「やっぱり……」

「それに、母はちょっとフワフワしてるし、妹は人のいいお調子者で、弟も母に似て危なっかしいし、元々父も優しすぎる人だから、今回に限らず私がしっかりしなくちゃダメなんです」

と言った後、彼女は「別に家族が悪いっていう意味じゃありませんが」と慌てて付け加えた。

「でもすごいしっかりされていて、尊敬します。年齢も僕と変わらないのに、自分が少し恥ずかしいくらいです」

「そんな……こんな大変な仕事をされている雨宮さんの方がすごいです。私だったら到底無理ですよ」

「そうですかね？　でも……僕はほとんど成り行きなので……元々、大学をちょっと休学してしまうくらい、僕は弱い人間なんです」

　それを聞いて、遥花さんはそっと目を伏せた。

「強い弱いじゃなく、誰だって休みたい日はありますよ……」

　遥花さんが、いつまでたっても減らないフニャフニャになったポテトを、一本手にして言った。

「それは、遥花さんもですか？」

「…………」

　彼女は少し黙って、僕を見た。

「……軽蔑されるかもしれませんが、私……本当は今すぐ札幌に戻りたいんです」

「軽蔑なんて」

　僕は慌てて否定したけれど、彼女はきゅっと眉間に皺を寄せて首を横に振った——軽蔑しているのは、きっと彼女自身なのだろう。

「家族の事は勿論心配ですが……出来る事ならもっと一人になりたくて……今みたいにちょっとの外出じゃなくて、ずっと。家族と口を利かなくて済むような――私、酷いですよね、こんな時なのに」

「こんな時だから、なのかも」

「……………？」

彼女は少し驚いたように僕を見た。

「悲しみの受け止め方、呑み込み方は人それぞれだと思いますから」

家族で慰め合う事だけが、悲しみを癒やす方法じゃない。まずは一人で静かに受け止める時間が欲しいという、遥花さんの気持ちはよくわかった。

だって辛く悲しい時は、誰かと口を利くのだって難しい事もある。

「ご家族の事も大事ですが、遥花さん自身も大事にしていかないと」

「じゃあ……雨宮さんはどうやって？」

彼女は少しだけほっとしたように息を吐いた後、僕を窺うように言った。

「僕はたくさん泣きました。今でも毎晩のように泣いてますけど」

「……そうですよね、泣けばいいんですよね」

それまで、僕の言葉が響いたように耳を傾けてくれていた遥花さんの顔から、急にすっと表情が消える。

僕は、しまった、と思った。

「あ、あくまで僕は、です。別に誰かの方法をマネる必要は……」

「──ないんです」

「え？」

「私、全然泣けないんです」

一瞬、心のどこかで『羨ましい』と誰かが囁いた気がした。勿論、口には出せなかったけれど。

「涙ってどうやって流すんでしょうね。私まで泣いたらみんな心配するなとか、私がしっかりしなきゃって思ってたら、気がついたら全然泣けなくなっちゃってました」

泣こうと思っても、泣きたくても、一滴の涙も出てこないのだと、遥花さんは躊躇いがちに僕に打ち明けた。

「あ、でもこれは家族には言わないでください。母は余計悲しむだろうし、奏歌は不自然なくらい、少しでも周囲を明るくしようとしてるし、駆流もお父さんの代わりに、必死に家の事を手伝っているんです。辛いのは私だけじゃない」

「それはそうかもしれませんけど……」

だからといって、泣き方がわからない……というのは、あまり良い事には思えない。

涙は心の自浄作用だとも聞いた事がある。

「あの……もし、なんですけど。カウンセリングを、受けてみますか？」

「え？」

「少なくとも、今よりは気持ちが楽になると思うんですけど……」

僕の提案に、遥花さんは少し困惑したように眉を顰め、そしてふと、何かを思い出したように「ああ」と呟いた。

「そういえば、お葬式の時にも言われました。辛い時にはカウンセラーに相談できますって」

「はい。うちは社長の弟さんが、カウンセリングの仕事をされてるので、社員の福利厚生でもカウンセリングが受けられる会社なんです。やっぱり話せば楽になる事って、本当にありますから」

僕は流す涙のお陰で、いっとう紫苑さんから大事にされているとは感じるけれど、実際にミュゲ社での紫苑さんの評価も、本当に高い。辛い仕事を担当したり、私生活で何かあったりした時に、彼に相談する人は少なくない。

ミュゲのベテランスタッフである小葉松さんですら、ある出来事がきっかけで、半年近く紫苑さんの所に通っていたと聞いた事がある。

社内で信頼が厚いからこそ、ミュゲ社は顧客へのアフターケアやサービスの一つとして、彼のカウンセリングを組み込んでいるのだ。

けれど遥花さんはしばらく悩むように黙った後、「……いえ」と拒絶するように椅子の上で後ずさった。

「そこまでするのも、ちょっと」

「そうですか？」

「ええ。きっと普通はみんな、ちゃんと乗り越えていくものだと思いますから」

「……じゃあ、そうですね、でももし必要だと思ったらいつでも言ってください」

そう言って断る彼女を見ながら、僕は少しだけ『普通』とか『ちゃんと』という言葉に違和感を覚えていた。

反発心という方が正しいか。

でも同時に、これは強制するような事ではないとも思った。

それにやっぱり、紫苑さんをどこまで信用出来るかわからないし――奇妙な嫉妬も感じた。

もし彼女が僕より綺麗な涙をしていたらどうしようって。

もう僕は必要ないと言われてしまうのが怖い。

「あ、でも、お心遣いありがとうございます」

「い、いいえ！　そんな事は！　ただ心配だっただけで！」

思わず黙った僕を気にしてか、遥花さんがそう言ったので、僕は慌てて首を横に振った。彼女が心配だったのは事実だ。

そしてまた奇妙な沈黙が流れてしまったので、僕はおずおずと切りだした。

「あの……じゃあもしかして、家族でキャンプに行くのも、本当は嫌だったりしますか？」

「……どうしてですか？」

「いや、もしかしたら僕はずっと、余計な事を言ってしまってるんじゃないかって」

「…………」

彼女が黙ってしまった。どうやら図星だったようだ。

「…………」

僕もその先に困って、思わず黙ってしまった。

「でも……感謝はしています。母も、弟妹も喜んでいますから」

やがて、色々な言葉を呑み込んだ後に、彼女が苦笑いでそう言った。

「だったら僕がしっかりとサポートしますから、遥花さんは一緒に行かれなくても――」

「そんな訳にはいかないです。そういう家族なのは、雨宮さんだってお気づきでしょう？」

と遥花さんは、どこか怒りすら孕んだ眼差しを僕に向けてきた。

「……そうですよね、確かに」

「私達が小さい頃の父の口癖だったんです。『みんな一緒に』って。だから……別に大丈夫です。馴れてますし」

「でも……」

「父は最期まで、私達のことを心配していました。だから私は父の代わりに、自分の成すべき事、果たすべき責任を果たします」

　まるでムキになっているように、気丈と言うよりは意固地にすら感じる歪（いびつ）な険しさで、遥花さんがきっぱりと言う。

　その瞳（ひとみ）の奥の昏（くら）さに、僕はぎゅっと胸が締め付けられて、思わず涙が堪（こら）えられなくなってしまった。

「あ……」

「す、すみません、僕すごい涙腺（るいせん）が弱いんです。人の百倍くらい弱くて！」

　突然僕の頬に涙が伝うのを見て、遥花さんが驚いたように目を見開いた。

「ごめんなさい、私、すごい失礼な事ばっかり言って」

「違います。そうじゃなくて、そういう事じゃなくて……」

　けれどお陰で牙を抜かれたように、彼女はしゅんとした。

「……もしかして私、可哀相でしょうか？　雨宮さんの目から見て、哀れに見えますか？」

「いえ……そういうのとは違うんですけど、ただすごく無理されてるような気がして……」

　もし自分だったら、また上手に息が出来なくなるような、そんな窮屈さを彼女から感じるだけだ。

「……無理、だけじゃないんで、大丈夫ですよ？」

　でも彼女は寂しげに、そう言って僕に微笑んだ。

「本当ですか？」

「はい。そこまで嫌じゃないっていうか、そうじゃなくて――」

言葉を選ぶように、遥花さんが一度宙を仰ぐ。

「なんていうか……罪悪感なんです……父がバイクに乗るのを止めたのは、私のせいなんです」

「え？」

「私がまだ赤ちゃんの頃に病気になって、それが原因で、父は自分の趣味を止めて、そっくり『家族』っていう遊びをするようになったんですよ」

「『家族』、ですか」

「はい。それでも子供達が独り立ちしたら、またバイクに乗りたいんだって、父がそう知人に話すのを聞いた事があります。でも……結局それも叶わなかった」

病気は私のせいじゃないけれど、父が自分のせいで、不幸な生き方を選んでしまったと、彼女は喉の奥から擦れた声と共に絞り出した。

「家族が一番なのは当たり前って言いますけど……それでも本当は、自分の中に譲れないものや、譲りたくないものって一杯あるじゃないですか。現に私は家族の為にってわかっているのに、今すぐ逃げ出したい――愛があれば、なんだってチャラになんてできません」

まるで泣いているように、遥花さんの顔が歪む。

でもその両目からは一筋の涙も流れなくて、かわりに僕の頬に涙が伝った。

「辛いなって思う度、もっともっと辛かっただろうなって、父のことを思い出すんです。そうして、父をそんな風に苦しめる原因を作ったのが私だと考えると……」

そう言って、悔しげに遥花さんが唇を噛んだ。

「それなのに父自身が行きたかった場所に、それを奪った私が代わりに行くだなんて、こんなシュールな話があるでしょうか？　だから気が進まなかったんです。私はきっと、天国の父にさぞ恨まれているでしょうから」

漆

母の妹である母さんと、その夫である父さんは、養子の僕にも本当に優しくしてくれる。

実子ではない事を感じる瞬間が0だったとは言えないけれど、それでも父さんは、まったく血の繋がらない僕に、十分過ぎるほど父親の役割を果たしてくれていると思う。

だからといって『家族』という言葉に、僕が憧れを感じないとは言えなかった。

伴野家は、そんな僕の憧れを詰め込んだような、とても素敵な家族に見えたのに。

亡きお父さんに、そして遺された家族達に、複雑な想いを抱いた遥花さんの昏い眼差しを前に、僕は言葉を失っていた。

フードコートの楽しそうなざわめきとは対照的に、僕らは黙って、テーブルの上の、手の付けられないトレイを見ているだけだった。

「おつー」

その時、そんな張り詰めた空気を断ち切るように、緩んだ口調で僕に話しかけたのは、仕事を終えた勇気さんだった。

「あ、おつかれさまです」

僕が慌てて笑顔を作ると、遥花さんもはっとして顔を上げ、ぱっと愛想笑いを浮かべ直す。

「あ……じゃあ私、そろそろ行きますね。今日は本当にありがとうございました」

「いえ……」

「キャンプの事は、私に構わず進めてくださって大丈夫ですから。それではまた明日」

そう早口で言って、結局ほとんど手つかずのトレイを手に、遥花さんは席を立った。

ガタン、ガタンと、やや乱暴に、食べられなかった食事がゴミ箱に捨てられてしまう音が、僕の罪悪感の表面をざらざらと撫でる。

思わず俯いたままの僕に、勇気さんが「……タイミング悪かったか？」とばつが悪そうに言った。

「いえ……逆に丁度良かったのかも」

どっちみち、お互いこれ以上はなにを話して良いかわからなかったし、会話が良い方向に進むとも思えない。

だけど、彼女の思い詰めた気持ちを考えると、僕の目が熱くなる。

えり子さんもだ。母も、娘も、どちらも亡き人を想い、自分を責めていた。

好きな人を想って自分を憎むなんて、なんて悲しい事なんだろう。

「…………」

再び僕の目から、涙が流れた。

「どっかで休むか？」

それを見た勇気さんが、心配そうに聞いてくれたけれど、僕は首を横に振った。

「いえ……すぐに止りますから」

そのつもりだったけど、席から立ち上がっても、僕の涙はなかなか止らない。

「……なんか、俺が泣かせてるように見えない？　平気かこれ」

と勇気さんが不安げに言った。気がついたら、なんとなく周囲からチラチラと見られている気がする。

確かに貧弱な体型の僕が、筋肉質で体育会系の勇気さんの前で泣いているのは、ぱっと見彼に酷い事をされているような、そんなシチュエーションに見えるのかもしれない。

なので思わず、僕はわざとらしく「ううう」と、声を上げ顔を覆った。

「ヤメテ！」と勇気さんが余計に慌てる。

　そんな勇気さんをからかって、少しだけ僕の気持ちが浮上した。

　そうして二人で、そのまま買物公園のキャンプ用品店に足を運んだ。

　伴野家のキャンプに同行するといっても、さすがに一緒のテントを使う訳にはいかないので、これを機に設置の簡単なテントを一つ買うことにしたのだ。

「冬キャンやるなら、煙突穴のあるヤツにするとか？」

「冬かぁ……ガチですね」

　とはいえ、薪ストーブを囲んでの、静かな冬のキャンプは、それはそれで憧れなくもない。

　勿論北海道は確実に寒さが命に関わるので、揃えるギアも品質が良いものになるから、結構な金額になっちゃうだろうな。

　うーん、どうしたものか。伯父さんのお金には、できるだけ手を付けたくないし……。

「あ、そうだ。勇気さんがいつも、小鍋とかランタンをぶら下げてるヤツ、あれなんですか？」

　勇気さんは焚き火台の横に小さな棚を設置し、さらにその上に、いつも調理器具なんかを吊しているのだ。

「あれは鹿番長のハンギングチェーンだね。あると便利。クライミング用のロープとカラビナで代用できるけど、そもそも買っても高くない」

見た目がカッコイイだけでなく、洗った食器などを乾かすにもいいし、調理器具を直置きするよりも衛生的でいいので、一本あると便利だそうだ。

テントの事はもう少しだけ先送りにして、僕もチェーンだけさっそく購入する。

「でもなんか……キャンプって行く度に荷物増えていきますね」

便利を求めると、自ずと文明の利器に頼らざるをえなくなり、荷物は嵩張っていく。

「まあ、あとは移動手段にもよるな。車の車載量に余裕があれば、荷物はなんぼあっても平気だし。逆にバイクの免許取って、最小限のギアでミニマムキャンプってのも、それはそれで悪くないよ」

「……バイクかぁ」

それを聞いて、僕は不意に伴野家の事を思いだした。

「バイクってカッコイイ趣味だと思うんですけど、家族がいると続けにくいものなんですかね？」

僕は隼人さんが家族の為にバイクに乗るのを止めてしまった事を、なんとなく勇気さんに話した。

家族を愛しながら、続けるのが難しい趣味なのか、と。

「そうだなあ、ただ夏の天気いい日にお父さんが家にいない……は、バイク乗りあるあるだよな」

「あ、そうなんですか」

「雪のない時期って言ったって、寒いからさ。まぁ、雪さえなかったら、厚着で頑張って乗ったりもするんだけど、乗って快適な季節って、地域にもよるけど北海道だとGWから秋の始めぐらいなんだよ」

所謂天気が良くて気持ちいい絶好のバイク日和は、家族でお出かけしたい、最高の休日でもあるわけだ。勇気さんがシェラカップ片手に肩をすくめた。

「そういう日にバイクに乗って出かけてしまうと、当然家族の機嫌は悪くなる訳だし、そうするとバイクか家族か、の構図ができあがるのは、まあよく聞く話だと思うよ」

勿論趣味云々の話は、バイクに限らず色々ある。

時に北海道ではバイクは季節が限られ、万が一の事故の事が心配だったり、バイク車体自体が年々高額になっているし、メンテだなんだとお金も出ていく。

車のように日常で使う物でもあるならともかく、限られた期間に使える『趣味』の物という表情がくっきりしたバイクは、なかなか結婚後に楽しむのが難しい物みたいだ。

「子供が小さくて、家族仲がいいような一家だと、わりと深刻だよな。上手く折り合いを付けられればいいけどさ」

「つまり、お父さんが大好きだからこそ、晴れた日に取り合いになるって事ですか……」

僕は改めて、雨が降ると嬉しい……と言った、えり子さんの事を思い出す。

勿論冬のレジャーだって楽しいけれど、暖かい時季でなければ、行けない場所や楽しめないことも沢山ある。子供の小さい間は、余計に連れて行きたいと親であれば思うのだろう。

「……なんでだかわかんないけど、青空だと余計に、置いて行かれて寂しいんだよな」

勇気さんがぽつりと言った。

「俺も家族は愛だけだから、確かにガキの頃に天気のいい日に愛が友達とバイクに乗って出かけていったりすると、まぁ……それなりに寂しいと思う時はあったよ」

「………」

「今はむしろ帰って来んなって思うけどな」

勇気さんがどこか恥ずかしげに、誤魔化すように口角を上げて言った。

でもそんな笑顔が逆に僕の涙腺に火を付けて、ぼろりと涙が溢れてしまう。

勇気さんにも、そんな可愛い時があったんだ……。

「じゃあ、隼人さんはやっぱり、子供達にはそんな思いをさせたくなかったから、最後の旅にしたんでしょうね」

「だろうなぁ。ラストランに北海道一周ってのも、気持ちはわかるよ。歳取ってからリターンライダーになれるかどうかの保証もないし」

ついでに北海道一周のコースの事を聞くと、海岸線沿いはキャンプ場が多いし、二十年以上前なら、今よりももう少しルールは緩くおおらかで、テントを張れる場所は多かっただろうから、そこから場所を絞るのは難しいそうだ。

「やっぱりもう少し、何か当時の記録みたいなものがないと難しいですかね」

「だなあ」

だてに北海道は、でっかいどうじゃない。

「でもいいな、北海道一周か……俺もやってみたいんだよなぁ」

「確かに。一回ぐらいはやってみたいですよね」

うーん、じゃあやっぱり免許だ。

そろそろ車の免許を取って、ちょっと遠出とかしてみたい……なんて、本気で考えている自分に驚いた。

ほんの数ヶ月前は、何処にも出かけたくなかったのに。

今では進んで自分から出かける手段や行き先を考えていた——これは、新しい仕事のお陰なのか、それとも、やっぱり紫苑さんのお陰なんだろうか。

だったら遥花さんも彼に相談してみたらいいのにと思った。

僕のように泣く必要はないとは思うけれど、まったく泣けないというのは本当に心配だ。

せめてもう少し、彼女の心を安らげる方法があったらいいのに——。

そんな事を思いながら帰途についた。

月は出ていなかった。

捌

一日や二日で、人の心はそんなに大きく変われはしないし、悲しみは癒えない。

それでもここ数日、確実に片付いていく家や、各自しっかりと自分たちの務めを果たそうとする子供達を見て、えり子さんの心も決まったらしい。

朝、伴野家を訪れると、えり子さんの方から隼人さんの部屋を片付けたいと、申し出があった。

どのみち契約は明日までなので、今日やらなくても明日には片付けないと、家族だけで頑張るか、契約を延長して貰うかになってしまう。

期限が見えてきた事で、えり子さんも踏ん切りがついたのかもしれない。

気の変わらないうちにと、僕らは一気に隼人さんの遺品の整理に取りかかった。

といっても、一番お金になりそうな、本などの趣味の物達は、事前に買い取り業者を手配済みだったので、ほとんどの物を処分するだけだ。

けれど、大好きだった人の物を捨て続ける……という単純な行為は、純粋にとても辛いものだ。

それでもえり子さんは、ぎゅっと唇をきつく結んで、必死に、そして確実に作業を終わらせていった。

駆流君も「手伝おうか？」と言ってくれたけれど、えり子さんが「大丈夫」と言って断ったのは、きっと息子さんにこの切ない想いをさせない為だったのだろう。

母の優しさと強さを垣間見て、僕は頼りないというえり子さんの印象を改めた。

そうして、お昼前には段ボール一つ分の『たいせつなもの』を残し、隼人さんの部屋はすっかり、家具だけ残してがらんどうになった。

こうやって、荷物が片付く度、僕は達成感と安心感と、そしてたじろいでしまいそうなほどの喪失感を覚える。伯父さんの事を思い出す。

その度じわりと涙が浮かんで、いったいいつになったら、僕はこの悲しみを忘れられるのだろうと戸惑う。

これだけ悲しい事に触れているんだから、もうそろそろ心に慣れてしまって欲しい。

そうして、いつか悲しい涙よりも、嬉し涙ばかり流して生きていきたい。

「どうかしましたか？」

そんな事をぼうっと考えていた僕を見て、えり子さんが声をかけてきた。

「あ、いえ！……バイク好きと伺ってたのに、そういう関係のものはそんなになかったなと」

「ああ……私達の前ではあまり見せないようにしていたんだと思います」

「そうだったんですか」

「でも……ほら」

と、言ってえり子さんが、段ボール箱の中から、ぼろぼろになった一冊の本を取り出して見せてくれた。

『大陸縦断Ｇｏ　Ｆａｒ　Ａｗａｙ～スコットランドの最北端から南アフリカの最南端までを走破した、１５０００マイルの一人旅』

「大陸縦断……へえ、こんな作品があるんですね」

それは随分と年季の入った本で、一人の日本人男性の旅行記だった。

バイクで大陸を縦断したという、ノンフィクション作品らしい。

「本当は北海道と言わず、夫はこんな風に海外を走りたかったんでしょうね」

そう言って、えり子さんは本の表紙を撫でた。

何処までも広がる平野、青空、地平線を背負う一台のバイク――日本ではないけれど、どこか北海道に似ている風景だ。

「子供達が手を離れたら、サイドカーで一緒に行こうか、なんて誘われたこともありました。勿論大陸縦断なんて嫌なので断りましたが」

ふふ、とえり子さんが笑った。確かに素敵な旅だけれど、１５０００マイルはさすがに長い。

「でも、これが主人の原点なんだと思うんです。この本を読んで、バイクに興味を持ったそうですから」

「へえ……そんなに面白い本なんですか」

「夫はお義父さんの仕事の都合で、子供の頃から何度も転校をしていて。繰り返す別れが寂しくて、友達を作るのをやめるようになったんですって」

「それは本当に、さぞお寂しかったのでしょうね……」

望春さんが悲しげに、優しく言った。

「ええ……でも彼が一人の寂しさで凍えている時に、この本に出会ったそうです。この本の中には、一人の孤独の楽しみ方や、一期一会の出会いと別れを幸せに受け止める方法が書いてあるんだって言ってました」

それはなんだか面白そうだ。

「へえ……奥様は読まれた事はありますか？」

「いいえ、私は昔から寂しいのが苦手な人間ですから。一人で１５０００マイルも走るなんて、想像しただけで寂しくて無理でした」

苦笑いでえり子さんが首を振り——そして少し考えて、「お読みになりますか？」と僕らに問うた。

はい、と言いそうになって、慌てて「いえ！」と断る。

理由はどうあれ、そして相手がなんと言ってくれたとしても、依頼人から何かを借りたり、譲り受けたりする行為は、仕事上禁止されているのだ。

とはいえ、本はちょっと気になる。

そのまま昼休みに入ると、僕はすぐさまさっきの本をネットで調べてみた。

案の定、すでに絶版のようで、書店で手に入れるのは難しそうだった。

でも幸い、電子書籍版は販売されている。僕はすぐさまポチった。


物語は孤独な風の吹くスコットランドの、ヒースが咲く荒野から始まった。

ピンク色の綺麗(きれい)な花の中に、白いヒースを見つける著者。

白いヒースは幸運を届けるという。

美しいヒースの花言葉は孤独、寂寞(せきばく)、孤高、そして『私は私らしくありたい』。

誰しもが無謀だと言った旅だ。
本気で心配してくれるものの、失敗を確信したように話す人、無理だと馬鹿にする人、
そんな事に意味は無いと誹(そし)る人。
なかば意地もあったが、それ以上に『これが自分の道なんだ』と強く感じていた著者は、ヒースの花に鼓舞されるように、独り誰一人知り合いのいない町から旅立つ。

そうして彼に、言葉の壁や文化の壁、気候、機械の故障、犯罪、自身の体調――と、

様々な困難が次々に襲いかかってくる。

これがノンフィクションなのかと驚かされる内容に、僕はつかの間のめり込んだ。

「雨宮、そろそろ時間です」と望春さんに声をかけられ、気がつけばあっという間に昼休みは終わってしまっていた。


でもこれが隼人さんの原点というのは、なんとなくわかる。

何故なら読み始めてたった三十分ちょっとで、僕はもうバイクで旅に出たくなっていたからだ。

それに、もしかしたら、目的地のヒントが何か隠されているかもしれない。

だからもう少し読みたかったけれど、仕事を再開する時間だ。

僕はダメ元で、紫苑さんにもこの本の事をメールで伝えた。

彼がこの本を読んでくれるかはわからないけれど、もし何か秘密が隠されているとしたら、彼なら見つけてくれるような気がしたからだ。


伴野家に戻ると、えり子さんと奏歌さんの二人が、庭とガレージの回りの片付けをしていた。

家人に余裕がなくなると、目に見えて荒れていくのが庭だ。

伯父さんの家もそうだった。

だけど見渡す伴野家の庭は、きちんと手入れが行き届いているように見える。

「お庭、とても綺麗ですね」

そうえり子さんに言うと、彼女はにっこりと微笑んだ。

「ええ。お庭は、奏歌の担当なの」

そう言って彼女は、誇らしげに奏歌さんを見た。

「そー！　綺麗でしょ？」

褒められた奏歌さんが、つん、と胸を張る。

「実はお庭は私より、元々主人が手入れをしていて」

「そうなの。で、私がちっちゃい頃から手伝ってたわけ。だから、パパが入院してからも、ちゃーんと私が、責任もって綺麗にしてきたの」

「……本当に見事です。イングリッシュガーデンですね」

望春さんも笑顔で褒めた。パパと言った瞬間、奏歌さんの声が震えたのを、望春さんも聞き逃さなかったのだろう。

「きっかけは……主人がこのエリカを買ってきた事なんです。遥花が喜ぶだろうって、あの子の三歳の誕生日だったかしら……気がつけばこんなに増えました」

そう言って足下に広がる、わさわさとした高山植物のような草の塊を、えり子さん親子が愛(いと)おしそうに見下ろす。

「エリカ……やっぱり、えり子さんと名前が似ているからですか？」

「どうでしょう？　単純に夫はこの花が好きだったのかなって思いますけど……もう少し暖かくなったら、白やピンクの可憐な花がいっぱい咲くんですよ」

えり子さんは否定気味だったとはいえ、自分の名前に似た花というのは、まんざらでもなさそうだ。

「……でも、そっか。今年はもうそれも見れないんだ」

そんなフワフワした空気の中、急に奏歌さんが冷静に、我に返ったように呟いた。

「……そんな事ない。札幌に何株か持っていって育てましょう。プランターだって綺麗なお花はうんと綺麗よ」

そうえり子さんに言われ、「そっか、そうだね」と、奏歌さんは再び笑顔で頷いた。

きっと今年は、マンションのベランダで、綺麗な花を咲かせることだろう。


そうして一家の片付けは、その日の夜にはほぼ終わった。

キャンプ道具だけはまだ手つかずだけど、これは最後の家族キャンプの後、不要な物は売却する事になっている。

だからあとの問題は、そのキャンプの目的地だ。

隼人さんが行きたかった、彼らが行くべき場所は何処なのか。

僕らにはまだ、その答えが見えなかった。

玖

それでも快い疲労感と共に家に帰ると、夕飯の支度をして紫苑さんが待っていた。今日はパエリヤにするという――それは楽しみだ。

けれど夕食前に、いつも通り『診察』をする。

激しい慟哭に囚われた訳ではなかったけれど、今日はしみじみと切なさが募る一日だった。

どんな気分の涙も、涙は涙。

今日の涙の成分が楽しみだと言う紫苑さんは、ほんとうにどうかしてると思いながらも、このカウンセリングがあるお陰で、僕は毎日前を向いていられるのだと思う。

想いを素直な言葉に換えて吐き出すだけで、心はこんなにも救われるのだ。

「遥花さんも……カウンセリングに来たらいいのに」

「仕方ないよ。カウンセリングに抵抗感のある人は多い。君みたいに曝け出してくれる人は少ないから」

曝け出している……つもりはなかったけれど、でも確かに今は彼と話す事に、あまり躊躇を感じない。

「そういえば読んだよ、さっきの」

「さっきの？——ああ、バイクの」

「うん」

遥花さんの話題にあまり興味がなかったのか、採集した僕の涙を片付けながら、紫苑さんが何気なく言った。

一瞬なんのことだかわからなかったけれど、そういえば昼間のあのバイクの旅行記を、紫苑さんにも勧めておいたのだった。

「もう？　全部ですか？　結構厚かったと思うんですけど……」

「まぁ、大体の本は、二時間もあれば読み終わるから」

それには驚いた。自分なら半日はかかりそうなボリュームだったのに……。

「でも、どうでした？　何かわかりました？」

けれど紫苑さんは答えずに、かわりに少し首をひねった。

「……君は『言霊』という言葉を知っている？」

「え？」

突然の質問に、ちょっと面食らった。

でも『言霊』という単語は、なんとなくは聞いた事がある。

「あ……はい、言葉には霊力みたいな物が宿ってるっていう……」

「うん。僕はそういう超常現象には懐疑的だけれど、言葉にすることで他人だけでなく、自分にも暗示をかけるような、そういう強い強制力はあると思う」

「そして、時にはそれが誰かにとって、『呪い』になる事もある」

そこまで言うと、紫苑さんはもう話は終わりというように、診察室から出て行こうとした。

「はあ……」

「え？　ちょ、ちょっと待ってください！　もうちょっと、もうちょっと何か！」

「えー、だってそろそろパエリヤの準備をしないと、姉さんが帰って来ちゃうよ」

「そこをなんとか！」

なんでもいいですから！　と、僕は診察用のリクライニングソファから飛び降りた。

「紫苑さん！」

「うーん」

と紫苑さんはうなり、仕方ないなあと腕組みをした。

「じゃあ、エリカの花について調べてみたらいいと思うよ」

「え？　エリカ？」

「そ。——さあて、僕はエビの背わたでも抜こうかな」

それだけ？　と思ったけれど、彼は本当にこれ以上話す気はなさそうだ。

僕は諦めの息を吐いた。

「……背わた抜くの、気持ち悪くないですか」

「そう？　僕は殻と殻の間に竹串を刺す瞬間が、とても背徳的な事をしている気がして好きだよ」

「…………」

そう言って部屋から出て行った紫苑さんを見送った。

いつも静かに話を聞いて、助言をくれる紫苑さんと、こうやって『普通じゃない』紫苑さん——どっちが本物なのだろうかと思う。

でも一つだけ確かなのは、いつも彼がくれるのは助言であって、答えではない。自分で探して、考えてご覧？　と、そう促してくれる。まるで自分の成長を願うように。

——それに、僕が自分で答えを探せるって信じてくれているんだ。

それは幼い頃、僕が頑張るのを根気よく見守ってくれていた、大好きな伯父さんの姿と重なる。

伯父さんと紫苑さんは、全然似てない気がするのに。

「うぉん！」

そんな筈はないのに……と思ったその時、隣の部屋のリビングから、不機嫌そうな犬の声が響いた。

前言撤回だ。

彼が優しい人な訳がないと、慌てて隣の生活スペースに向かう。

リビングに入ると、チャッチャッチャッチャッと爪音を立て、小走りにレイが逃げてきた。耳が警戒心MAXに前を向き、鼻の頭に皺が寄っている。

『あの男が、また私に気安く触れようとしました』と言わんばかりに、怒りと闘気を纏っているレイ。

「も～。どうしてすぐレイを怒らせるんですか。動物虐待で通報されちゃっても知らないですよ」

何をされたの？　と首元を撫でると、プッフーとレイは溜息をついた。

「僕はただ、そのフワフワくるくるした尻尾を、ぎゅっと摑んでみただけだよ。昔、ネットで『わんこの尻尾宇宙人説』っていうのを見てから、ずっと触ってみたかったんだ。知ってる？　犬の尻尾は、寄生した宇宙人だから、犬は時々自分の尾を追いかけたりするんだよ」

うん。レイは本当に、一回ガブッてやっちゃえばいいのに。

っていうか、尻尾宇宙人説なんて初めて聞いた！

「そもそも、もし摑んで本当に宇宙人だったら、どうするつもりだったんです？」

「どうしようかなぁ。宇宙人も泣くのかな？　それとも、犬に寄生した宇宙人の涙は、犬の涙なのかな？　犬の涙の検体はないから、早くレイが泣いてくれたらいいのに」

そう言って彼は、尻尾の先と足やヒゲなんかを、丁寧にハサミで切り落とした赤海老の節の間に、ミチミチと竹串を刺し入れ、ぬるり、つつーっと背わたを引き抜いた。

「いや、犬の涙が欲しいって、普通に通報案件ですからね」

呆れつつ、僕は紫苑さんの隣で、砂抜き中のアサリの水を換え、ぞりぞりじゃりじゃり殻をこすり洗いする。

とはいえ、今日の夕飯のメニューはパエリヤと、事前に作ってあるサバ缶とタマネギのマリネ、そして望春さんが帰りに買ってくるシンコ焼き。

作るものはそれこそパエリヤくらいなので、休んでいていいよと言われてしまった。

「でも、せめて僕も何か一品ぐらいは……ほら、汁物がないですし」

そう言って僕用のエプロンを身につけようとすると、僕のエプロンの紐を、縛る前に紫苑さんが引っ張る。

「あの……？」

「僕ならそれより今日は、あの本の続きを読むけど？」

「あ……そうですか？　そんなに良い本でした？」

そう言って貰えるなら、遠慮なく……と僕はエプロンを脱ぎながら問う。

そんな僕を、ぐったりとした赤海老を手に、紫苑さんが静かに見下ろした。

「……他の本は全て処分したのに、彼がそれだけ売らなかったのは、それを『遺したい』人がいたからじゃないかな。見て欲しい人がいたから」

「え……」

それは確かにそうだ、と思う。遺したい人がいるから、遺品は伝わっていくのだ。

「『言葉』がかけた呪いを解くのも、また『言葉』だと僕は思う。遺された人達の言霊を解くには、彼の言葉は足りなかった——でも、きっと彼はどこかにそれを遺している。だって人間は元来、理解して貰いたい生き物だからね」

紫苑さんはそう僕に優しく言いながら、無情にエビの背中に竹串を突き刺すのだった。

拾

居候の分際で、何もせずに本を読むのは申し訳ないとはいえ、確かに僕はあの旅行記を、はやく読みたかった。

紫苑さんの言葉に甘え、僕はレイを撫でながら自分の部屋に戻る。

「レイ……」

ベッドの上、クッションと枕を壁に寄せて上手(うま)く背もたれ代わりにし、さあ読もうと思って、机の上の鞄(かばん)からタブレットを取りに行くと、その隙にせっかく整えたベストポジションが、しっかりレイに奪われていた。

「そこは僕の……」

そういう自分に都合の悪い言葉を、レイは基本聞かないフリをする。

「……まあいいか」

仕方ないので、レイの隣に布団をかき集め、もふっと横になりながら、電子書籍リーダーを開く。

「レーイー」

レイが前足で僕の腕に、『撫でなさい』という、物理的な圧をかけてきた。

しかたないなあと、先にレイをぐしゃぐしゃと撫でながら、そういえば紫苑さんに、エリカの花について調べろと言われていたことを思い出した。

「エリカ……エリカ、ね」

レイを撫でつつ、タブレットで検索をする。

「あ……」

驚いて、思わず声が出た。

その花は、想像していたよりもずっと愛らしく、美しく──そして日本で『エリカ』の名前で親しまれているこの花は、英国では『ヒース』と呼ばれているのだった。

「ヒース」

慌てて本を開き、旅立ちのシーンを読む。

スコットランドの荒野に咲く、旅立ちの花、『ヒース』。

そして、隼人さんが庭に植えた『エリカ』。

奥さんの名前に似ている、というだけの理由ではないのか。この二つは同じ花なのか
……きっと隼人さんにとっても、特別な花になっているのだろう。

　でも伴野家ではまだ花のついていなかったエリカの美しさを、検索することで僕は初めて知った。

　荒野に咲く花と聞いて、勝手にもうちょっとなんだか寂しいというか、花の密度の少ない……そうだ、季節外れにチョボチョボ咲いた、ラベンダーみたいな花を想像していたのだった。

　でも実際はむしろ逆だった。

　こんもりとした緑を、小さな小さな白やピンクの可愛い花が、覆い尽くすように咲いていたのだ。

　勝手にうら悲しい旅立ちを想像していた僕は、それが思い違いだった事に気がついた。

　荒野一面に、愛らしい花がカーペットのように、どこまでも広がっている。

　こんなに美しい花達が、一斉に咲き誇って主人公を送り出していたのだ。

　寂しいだけの旅立ちなんかじゃない。

　主人公である『私』を讃え、祝福し、鼓舞する花、それが『ヒース』だったんだ。

　出発の光景のイメージが変わると、僕の中で『私』の旅の表情が、少し変わった。

　もっとモノクロで、寂しいと思っていた旅に、急に色がつき始めて、僕は一気にのめり込んだ。

　彼は少しだけ傲慢で、頑固で、行動力がある……といえば聞こえは良いけれど、ちょっと楽天的で無鉄砲な所があったから、当然その旅はトラブルの連続で、自業自得と呆れるような事もあれば、え、そんな事が!?　と運の無さを案じる事もあった。

でも最終的には、『結果オーライ』になってしまうのが、彼のすごい所であり、この旅の面白さだ。

なにより、結局いつも彼を救ってくれたのは、現地の、そして日本で彼の帰りを待っている、優しい人達だった。

独りとお酒、バイクと歌を愛する『私』の、トラブル続きの孤独な旅——けれどその旅は一期一会。

それは様々な国で様々な人に出会い、助けられ、心を通わせ、そして別れる旅路だった。

たとえもう二度と会えないであろう人だとしても、確かに一緒に過ごした時間、一緒に走った道には意味がある。

共に笑い、食べ、歌い、同じ空を見上げる。明日別れる人だとしても、その一瞬は確かに友であり、仲間なのだ——かつて別れを恐れた隼人さんが、この本に強く心を寄せたのが、なんとなくわかる気がして、僕の頰に涙が伝った。

そして読んでいてわかったのだ。

多分僕の中には、『私』や『隼人』さんが胸に抱いていた『孤独』と、同じ意味の言葉がない。

いつも僕のまわりには、僕を愛して、大切にしてくれる人達がいた。

だから孤独の寂しさよりも、いつも愛してくれる人の期待に応える為の、その重さに押しつぶされそうになるばっかりだった。

頑張ろうとする僕の生きにくさを、孤独と同じ秤にかけて、どっちが重いか？　なんて比べて欲しくはないけれど。

でも少なくとも、僕は二人の痛みを知らないままに育った。そして多分――遥花さんもだ。

隼人さんはきっと、自分の抱えてきた孤独を、愛する娘に与えずに育てたんだ……。

途中食事を挟んで中断したものの、お風呂で、そしてベッドで、僕はひたすら『私』の旅路を読みふけった。

ずっと終わって欲しくなかった。

けれど旅にも、そして物語にも、終わりがある。

深夜一時を過ぎた頃に、とうとう『私』のバイクは南アフリカの最南端、ケープタウンにたどり着いた。

とはいっても、ここで最南端と呼ばれていた喜望峰が、実際は最西南端であって、本当の最南端はケープタウンから１６０㎞離れた、アグラス岬である事が判明する。

――当然、ここまで来て、諦めるわけにはいかなかった。

僕も眠い目を擦り、最後まで彼の旅を見守った。

ここに来て、三時間を超える移動——何もない、ただただ、空が広い道を、『私』はひたすらにすすんだ。

ケープタウンに入る前は、実感がないと言っていた『私』だったけれど、この最後の旅は、充分過ぎる程彼に、旅の終わりを教えてくれたのだ。


本当のゴールが間近に迫ってきて、私はこの長い旅が終わるという悲しみと、無事走り抜けられた達成感と安堵、そして何よりも強い孤独に囚われていた。

早く家に帰りたかった。

家に帰って、あの狭い風呂に浸かり、ビールを片手に猫を撫でたかった。


帰りたいという想いは、帰る場所があるからだ。

独りを寂しいと思うのは、独りではない時間を知っているからだ。

孤独とは、寂しさではなく人を愛する心だ。

やっと気がついた。

私が愛しているのは孤独ではない、人間だ。

私は人を愛したかったのだ。

遥か彼方へ、風のようにまっすぐ、空に向かって駆ける。

この道の先、空の向こうに、私を待つ人がいる。私を愛する人達が。

帰るのだ。

道はもう迷わない。


もしかしたら隼人さんは、『私』と同じように、達成感だけでなく孤独の中で、家族を愛する心を再認識したかったのかもしれないと、滝のようにあふれ出した涙の中で思った。

ラストのフレーズを、噛みしめるように復唱して――そしてふと、気がつく。

「……遥か彼方へ、風のようにまっすぐ、空に向かって駆ける」

思わず驚いて息を吸い込んでしまって、僕は自分の涙で咽せ、激しく咳き込んだ。

拾壱

ミュゲと伴野家の契約は今日まで。

今日は勇気さんと佐怒賀さんも来て、粗大ゴミ等不要な荷物の運び出しや、不要な家具の査定・売却など、一気に家の中から物がなくなる作業が続いて、いままでずっと明るく振る舞っていた奏歌さんですら、随分寂しそうにしていた。

そんな中でもテキパキと冷静だったのは、遥花さんだ。

でも僕にはわかった。

家の片付けを終え、遥花さんは一度札幌に戻り、キャンプとその後の引っ越しにあわせて、また帰ってくる事になっていた。

これでやっとしばらくは家族から離れられる、独りになれると、内心ほっとしているのだと思う。

だから僕は遥花さんを、戻ってしまう前に、もう一度少しだけ話せませんか？　とダメ元で誘った。

断られるかと思ったけれど、明日の午前中、少しだったら構わないと言ってくれた。

また駅前のフードコートとも思ったけれど、もっと静かなところの方が良い気がしたので、伯母(おば)さんと行った、あの信号機の紅茶店で待ち合わせすることにした。

もしかしたら、来ないんじゃないかとも思ったけれど、翌日、遥花さんはちゃんと紅茶店に来てくれた。

でも僕と話したいというよりは、正直迷惑そうな雰囲気だ。

第一声、

「心配してくださるのはありがたいんですが、こういう事、母や妹達には絶対に言わないで下さい」

と、彼女は言った。ようするに、彼女は僕に口止めに来たのだった。

「勿論です。言いません――心配なのは、それは変えられませんけど、でも今日はそれとはまた少し違う事でお話がしたかったんです」

「なんですか？」

手短にお願いします、と彼女はそっけない。

「まずなんですが……遥花さん。この本、読んだことがありますか？」

僕は彼女に、電子書籍の表紙を見せた。もちろんあのバイク旅の。

彼女は「父の持っていた本ですよね」と言いながらも、中身は知らないと首を振る。

「『遥花』って素敵なお名前ですよね」

「え？　あ……はい。父が付けてくれたと聞いています」

「やっぱり……」

遥花さんが怪訝そうに、少し気味が悪そうに眉間に皺を寄せながら答えた。

思った通りだ――『遥かの地に咲く花』。

「えり子さんの話では、この本は隼人さんのアイデンティティとも言える本だそうです。そして旅立ち、冒頭のシーンは、美しい花と共に始まるんです」

「この本が？」

バイク旅という、少し無骨そうなイメージからは、想像がつかなかったというように、遥花さんは不思議そうな顔をした。

「著者にとって、この花は旅の始まりで、同時に自分の強い意志を表す大切な花です。花言葉は孤高と、『私は私らしくありたい』――そしてこの想いは、そのままお父さんの気持ちに引き継がれている。ヒースの花は、日本ではエリカと呼ばれます。お父さんが貴方を想って愛し、貴方に捧げた花です」

「…………」

あのエリカは父親が、自分の為に植えた花だということは、彼女も知ってはいたのだろう。とはいえ、遥花さんは僕の言葉に困るように、眉間に皺を刻んだ。

「お父さんは自分のせいで好きな物を手放し、苦しんだだろうと、貴方はそう言いました。でも――貴方を本当に愛していなかったら、あんなにも大切に、庭でこの花を育てたでしょうか？」

「でも父は私のせいで――」

「大切な物を守る為に、自分を捧げるのは、貴方だって同じじゃないですか？　きっと遥花さんとお父さんは、似ているんだと思います」

そう言って、僕は遥花さんの目を見る。彼女は僕と目が合うと、逃げるように俯いた。

「貴方だって家族に尽くすのは、義務からだけじゃないはずだ。確かにお父さんの遺した言葉が、今でも呪いのように、貴方を家に縛り付けようとしているかもしれないけれど……でも、それだけじゃないでしょう」

「…………」

「エリカの花言葉は『孤独』『寂しさ』。でも、スコットランドの荒野に咲いたあの花は、寂寞なイメージとは全く逆で、僕はあの花に、圧倒的な愛らしさと、強い生命力を感じたんです。そしてそれは、幼い貴方に感じた、隼人さんのイメージだったんじゃないでしょうか」

「わ、私のですか？」

「はい。だから――許せなかったのは、お父さんじゃなくて……最初から貴方なんじゃないですか？」

「あ、あの……でも、私が……私のせいで父は……」

今にも泣きそうな表情で、遥花さんが顔を歪めた――けれど、一粒の涙も零れない。

彼女は本当に泣けないのだと、僕の心が締め付けられた。

「寂しいのは、帰る場所があるから。愛する人と、愛してくれる人がいるから。貴方にはお父さんがいて、お父さんには貴方がいた――だから、彼は旅の半ばで帰って来た。でもそれは貴方の『せい』じゃなく、きっと『ため』でもなく、貴方を誰よりも『愛していた』からです」

だから彼は、娘に孤独を教えなかった。

自分のように、帰るべき場所を、すすむべき場所を見つけられず、彷徨うことなどないように。

同じ思いはさせないように。

いつも愛され、独りで寂しくは咲かない、あのヒース達のように、いつでも家族に愛されて咲けるように。

「確かにお父さんには、選ばなかった人生もあった。時には自分で自分に、『家族』という呪いをかけなければ、忘れられない情熱があった。でも人生は一つ、一度きり。お父さんにとって、大事なのは情熱より、奥さんと子供達だったんです」

そう言って、僕はタブレットを閉じた。

「遥花さん。お父さんはこの本だけは処分をしなかった。棺に入れて欲しいとも言わなかった――だからこの本は、『遺品』です。そして……この本は貴方に遺された物なんじゃないかと思うんです」

「……私に？」

「著者が遥か遠いスコットランドの地で見た花、幸運の白い花。だからお父さんは貴方に、遥花と名付けた。著者にとって長い旅の出発点がヒースであったなら、お父さんの人生の新しい出発点は――遥花さん、貴方だったんだ」

遥花さんの瞳が微かにゆらいだ。けれど彼女はきゅっと自分の胸の上で拳を握り、黙って俯くだけで、それでもその目に涙は浮かばない。

逆に話している僕の目の方が潤む。

冷静な遥花さんを前に、一人昂ぶっている自分が急に恥ずかしくなる。

「ま、まあ、全部僕の憶測なんですけど！　とはいえお父さんは本当にこの本を愛していたし、彼が自分の人生を重ねた、特別な一冊だと思うんです！　だから、是非一度――」

「――聞いています」

「……はい？」

「だから、あの……聞いてるんです。私も本当は、父に行きたい場所があるって」

「へ？　あ、ああ！　そうです、今日の本題も、実はそっちなんです」

急に話が飛んでしまったので驚いた。

でも、彼女の顔には確かな決意のようなものが浮かんでいた。

「駆流にだけでなく、確かにお父さんは前に私にも言っていたんです、いつかみんなで、もう一度行きたい場所があるっていうのを……」

「本当ですか!?」

がしゃん。

思わず身を乗り出して、カップがティーポットにぶつかりそうになってしまった。

「でも私のせいで行けなかった所なんだなって思ったら……申し訳なくて、やっぱり私は行けないって思ってて」

「そんな、違いますよ！　貴方に行って欲しくなかったら、わざわざ貴方に言わないでしょう!?　お父さんは、そんな意地悪な人だったんですか？　貴方を恨んで、そんな嫌みなことを言う、そんな陰険な人だったっていうんですか!?」

そこで遥花さんは、はっとしたように僕を見て、その目をさらに見開いた。

「……いいえ、違います。でも……ああ、そうですよね……。私、なんでこんな簡単な事に気がつかなかったんだろう……お父さんは私にいつだって優しかったし、あんなに愛してくれていたのに！」

遥花さんは、そこでやっと呪いが解けたように、自分の顔を両手で包みこんで俯いた。動揺を隠すように。

でも両手が解かれても、彼女の目にも、頰にも、涙は光っていなかった。

「それで、どこなんですか⁉　お父さんの行きたかった場所」

「いえ……それが、教えてくれなかったんです。今は話しちゃったら、絶対ネットとかで先に見ちゃうでしょ？　って。実際の感動を、その日までとっておいて欲しいからって、そう言ってました」

「ああ……まあ、確かに」

今は、マップサイトで簡単に景色が見られてしまう。ようするに、『風景』の『ネタバレ』を避けたかったというのは、わからなくもない。

「じゃあ、きっと絶景スポットとかなんでしょうね」

「私もそう思いました。あとその気になればいつでも行けると思うと、なかなか行けないもんだなって、その時は言っていました。私ももう中学三年生で、じゃあ受験が終わったらね、ってそんな風に言ってるうちに、結局行きそびれてしまったんですが」

「うーん、でも、その気になればいつでも行けるような距離……って、曖昧ですよね。それこそ東京とかだって、飛行機一本だし、頑張れば日帰り出来なくもないし」

「そうですけど……話していた時のニュアンス的には道内の……同じ振興局管内か、隣くらいの空気感だったと思います」

北海道は、大きく九の総合振興局・五つの振興局に分けられる。

旭川は上川総合振興局、札幌は石狩振興局といった風に。

「同じか、隣の振興局って事ですか……でも旭川は真ん中なので、七振興局と隣接していますよね」

北海道の丁度真ん中に位置する上川総合振興局は、上から時計回りに宗谷、オホーツク、十勝、日高、胆振、空知、留萌振興局と隣り合っている。

ようするに、北海道のほとんどが候補に含まれてしまうわけだ。

「北海道、まったく……本当に広すぎるんですよ……」

僕は思わず頭を抱えてしまった。上川総合振興局……なんてひとくくりにしているけれど、その大きさは約１０、６００㎢。つまり岐阜県一個分の大きさなのだ。

「そうなんですよね。だから、聞いた当時も全然わからなくて。一応、もう一つヒントは貰ったんですけど、それもピンとこなくて」

「へえ……ちなみになんですか？」

「それが、お前達の名前だって……」

「名前？」

「はい。私達三姉弟の名前がヒントだっていうんですけど」

……それを聞いて、僕の心拍数が上がり、興奮に涙が吹き出しそうになった。

「三人の名前――『遥か彼方へ、風のようにまっすぐ、空に向かって駆ける』」

拾弐

札幌に戻る為の、高速バスの時間もあることから、急いで僕らはミュゲ社に移動した。

幸い事務所には、愛さんと勇気さん、そして葬儀部の方に小葉松さんもいた。

「空へと続くような一本道、できれば同じか、隣接するくらいの振興局の……そこが目的の場所だと思うんです――あとはもしかしたら、ヨーロッパやアフリカの道に似ているかもしれない」

そう僕が切り出すと、三人は思案するように首を傾げてから、どこからか大きな北海道地図を持ってきて、デスクにバサバサと広げはじめた。

「空に続くまっすぐな道、ですか」と、小葉松さん。

「はい、たまに聞きますよね、そういうの」

それを聞いて、愛さんと勇気さんがうーんと唸る。

「……北海道だからなぁ」と勇気さん。

「そうですね……正直、北海道各地にそういう道があるんですよ。まず代表的なのは、国道12号の美唄市光珠内から滝川市新町までの29・２㎞で、日本一長い直線道路と言われています」と小葉松さん。

美唄も滝川も、空知総合振興局なので隣接した支庁ではあるけれど。

でも小葉松さんの言う通り、そういえばそんな道をバラエティ番組かなにかで見た事がある。

「あと、考えられるのは斜里と網走を結ぶ国道２４４号と国道３３４号です。ここはまさに、『天に続く道』と言われています」

斜里も、一応オホーツク振興局だから、隣ではある……遠いけど。

ここは道に高低差があるため、特に空に向かって続く美しい風景が広がっているのだそうだ。

「他にも中標津南部広域農道・別海西部広域農道をつなぐ29・６㎞も、ほぼ直線道路だし、天に続くっていうなら、やっぱ上富良野のジェットコースターの路じゃない？　４・５㎞のアップダウンの激しい直線道路は、まさに空に向かって駆ける気がするけど」

愛さんもそう候補を挙げてくれた。

「……そんなにあるんですか」

思わず頭を抱えてしまった。

「あ、でも……もしかしたら、それ、全部子供の頃に行ったことがあるかも……」

そう遥花さんが、記憶を辿るように言う。絶対に自信があるというわけではないんですが……と、不確かな言い方をした理由は、単純にあまり覚えていないかららしい。

「両親の話とかには聞いて、ああ、子供の頃行ったんだな……って思ったりするんですけど、子供心には正直、どこも多分『道だな……』っていう印象しか……」

「あはは、そりゃそうだわ」

お陰で記憶にはほとんど残っていないと遥花さんが言ったので、愛さんがガハガハ笑った。

「でも父の言い方では、少なくとも私と弟の行ったことのない場所を示していたはずです」

そして真ん中の奏歌さんは、あまりお父さんと二人だけで出かける事はなかったそうだ。

「キャンプはどこによく行っていたの？　そういう思い入れのある場所なら、きっと近くに行ったついでに、一度は……ってなったんじゃないかしら？　だから、普段あまり行かない地区なのかも」

そう助言してくれたのは、みんなにお茶を淹れてくれた佐怒賀さんだった。

「ああ……キャンプは旭川周辺か、十勝が多かったです。あと駆流が一番好きなのが丸瀬布かな」

「ああ丸瀬布いこいの森キャンプ場ね、SLとか、遊ぶ場所もあるし、あそこが嫌いな人間は多分いないわな。温泉もあるし」

と勇気さん。

「へー、そうなんだ」

「テントサイトのまわりを、SLが走ってるんです。なので駆流は大喜びで。だから一番よく家族で行った気がします」

キャンプ場にSLが飾られているだけでなく、中で実際に走っているんだ⁉　と驚いた僕は、さっと勇気さんにアイコンタクトをした。

彼は『うむ』と言うように、鷹揚（おうよう）に頷（うなず）いて見せた。よし、僕と勇気さんの次の行き先は決まった。

そんな僕の隣で、遥花さんが「うーん」と小さく唸った。

「こうやって考えてみると、道北と道南は、あまり出かけていない気がします。特に道北は、名寄（なよろ）くらいまでだったような。展望台の隣のキャンプ場に何度か行った覚えはあるんですが」

でもそれ以上は、例えば稚内の方には、あまり行った記憶がないと、遥花さんは言った。

「結局、父が住んでいた事があるので、十勝道東と、そして母の出身である道央方面が中心でした。北見（きたみ）や網走はあるんですけど」

「なるほど。だったら宗谷丘陵の白い道はどうでしょうか？」

　そう言ったのは小葉松さんだった。

　海岸線沿い、宗谷岬のある宗谷丘陵に、海と空を一望する、美しい真っ白な道があるという。

「んー、でも、あそこわりと最近出来たんだよね？　ここ十年とかそのくらいの話だったはずだけど」

　愛さんが言う。

　少なくとも遥花さんの父親が北海道一周した頃には、まだ存在していなかったはずだと。

「そうですね……だったらオロロンラインはどうでしょうか？　小樽から稚内まで約３２０㎞の日本海沿いの美しい道です。勿論ずっと直線というわけではないですが、見晴らしも良く、利尻富士と夕日や、オトンルイ風力発電所の風車が美しい場所です」

「へえ、風車ってちょっとヨーロッパっぽいですね」

「んー、風車って言っても、まあ大きな近代的な風力発電だから、逆に……って人もいるかもしんないけど」

　思わず少しテンションが上がった僕に、愛さんが肩をすくめた。

　なるほど、この前行った寿都みたいな、あの大きな風車か……。

「多分ですけど、遥花さんのお父さんは、ヨーロッパかアフリカみたいな道に憧れてい

た と思うんですよね」

　だけど、そういう『ちょっとヨーロッパっぽい』みたいな、牧歌的な風景自体は、北海道では珍しくない。

　自然と似ている所もあるし、あえて寄せていっている地区も結構あるのだ。

　特に十勝方面で生活経験のある隼人さんなら、平野部の『何もない道』は、それなりに見慣れていると思う。

　でも、そんな彼でも心に残るということは、きっともっと印象的だとか、スケールの違う光景じゃないかと思うのだ。

　そういう僕の説明を聞いていた勇気さんが、ふと顔を上げた。

「じゃあ、エサヌカは？」

「え？　エサヌカ？」

　聞いた事のない地名だ。でもおそらくアイヌ語だし、北海道らしい地名と言えなくもない。そしてきっと難読系だろう。

　難読系の地名は、主に北海道の海岸線沿いに多い。

「ああ……スケールっていうなら、確かにエサヌカは道民でもびっくりするスケールだわ。あの風景は北海道でも唯一無二って感じ」

　愛さんも頷いた。

「うん。話題になり始めたのは最近らしいけど、少なくとも今は北海道ツーリングの聖地の一つだし、俺も一回行ったけど、ヨーロッパの田園風景って感じがする」

「それは……どこですか？」

遥花さんが少し、前のめりで二人に問うた。

「稚内の方の、少し下かな。ホタテで有名な猿払(さるふつ)の方だね」

この辺、と勇気さんが地図を指差しながら言った。

北海道の最北端を、海岸線沿いに少し南下した、猿払や浜頓別(はまとんべつ)といった地区だった。すぐ近くの枝幸(えさし)にも、伯父が一人住んでいるけれど、僕もまったく聞いた事が無い場所だった。

「不思議な名前だし……そこは確かに行ったことが無い気がします」

そう言って、遥花さんは少しの間、黙って地図を見下ろす。

そしてやがて彼女は覚悟を決めたように、小さく息を吐いた。

「……結局お父さんがいない今、本当にその答えを探すのは難しいとも思うんですよね」

それは確かに。はっきりとした答えをどこかに残していてくれない限り、結局の所は全て推測でしかない。

「でも、どこかで私達は答えを出して、納得しなきゃいけないんです。キャンプをすると決めている以上、そこをどこにするか決めないと、同行してくださる雨宮さんも困るでしょうし」

「あ、まぁ、僕はどこでも大丈夫ですけど……」

「とはいえこれ以上悩んで、答えが見つかるとも思えないんです。私も午後には一度札幌に戻らなきゃならないので、もう決断したいと思います」

そこまで言うと、遥花さんは勇気さん達を見た。

「父がまったくヒントに地名を出さなかったっていうのは、そもそもその名前が独特なのかなって思うんです。それで言うと、エサヌカってちょっと不思議な響きで、私、なんだかその名前だけで行ってみたいなって思って」

それに確かにこの辺りには行った事がないし。地図で見る限り、まっすぐな道でもある――と、彼女は指先で地図を辿りながら言った。

「だから連休、家族と行くのはここにします。母や弟妹も、今日の説明でおそらく納得するでしょう」

遥花さんがきっぱりと言った。

「でも……」

「大丈夫です。今回はもう、ヤケクソじゃありませんから」

思わず心配になった僕に、遥花さんが微笑んだ。その顔はどこか晴れやかで、彼女の決意をはっきりと感じて、僕は安堵にじわっと目が熱くなるのを覚えた。

「その近くに、良さそうなキャンプ場があったら、そこで一泊して、翌日みんなでそのエサヌカ線に行きたいと思います」

「だったら、ここだな。うってつけ」

　そう言って勇気さんが、エサヌカ線のすぐ近くの湖を指す。

「クッチャロ湖畔キャンプ場はどうだろう？　旭川から四時間かからないくらいの距離で、設備も整ってるし、温泉も隣接している。そして沈む夕日がとても綺麗だ」

　僕は行った事がないけれど、勇気さんが薦めるなら間違いはないだろう。遥花さんも「湖は素敵ですね」と、本当に嬉しそうに目を細めていて、僕はほっとした。

「……エサヌカかぁ」

　だったら何時に出発して……どこで休憩して……みたいに、具体的な行程を話し合っていると、不意に愛さんが呟いた。

「行くのは青だけなの？　あのさ、私随分有給残ってるし、一緒に行ってもいい？　私が車出すし、伴野さんのお宅の邪魔はしないから」と言う。

「え？」

「だって荷物のこともあるし、青も私の運転で行く方が気楽でしょ？」

　確かにソロキャンとはいえ、僕もそれなりの荷物にはなる。

　ご家族の一家団欒にお邪魔しながらの移動も、まったく抵抗がないと言えば嘘になるけれど……。

　どうしますか？　と僕は遥花さんを見た。

「うちは全然構いませんよ？」

　彼女は快諾しくれたけれど、ふと勇気さんを見ると、彼は眉間に皺を寄せ、首を横に振っていた。

「え、なんでよ」

「いや、青音が困るだけだからやめておけよ」

「どういう意味よ、私は自分で自分の世話をするからいいでしょ？」

弟をどつきながら、愛さんがきっぱりと言ったけれど、勇気さんの表情は『無理だろう』と物語っていた。

とはいえ、車と荷物のことは確かだ。

仕方ない、愛さんのお守りも頑張ろう……そう思って僕は、「じゃあ……当日は、改めて宜しくお願いします」と愛さんに、そして遥花さんに頭を下げたのだった。

拾参

そうして、伴野家のヒースが最初の花を開いた日、僕らはエサヌカへと旅立った。

もっとも、今日の目的地はまだクッチャロ湖だ。

ゆっくりめに見積もっているものの、旭川から車で四時間弱の行程なのと、予報は今日よりも明日の方が良いようなので、エサヌカは明日ということになった。

といっても、今日も少し雲が多いだけで、空は青い。風が心地よい。

絶好のドライブ&キャンプ日和だ。

途中、名寄の道の駅で餅入りのかき揚げ丼を食べ、ソフト大福とソフトクリームで甘みも補給したのち、音威子府そばに後ろ髪を引かれつつ、車は宗谷地方東部浜頓別町にたどり着いた。

目指すクッチャロ湖は、ラムサール条約に登録された汽水湖で、毎年二万羽を超える白鳥が飛来するというが、今は鴨たちが、ゆうゆうと青い湖を泳いでいた。

海のように広く大きな湖だった。けれど海ではない証拠に、うっすら対岸に陸地が見える。

でも湖は青く、キラキラ日差しを映す湖面は揺れ、波が海のように湖岸に打ち寄せている。

川からの流れと海へ注ぐ流れがあるので、こんな風に水流で波が立っているらしい。

キャンプのハイシーズン、しかも連休とあって、キャンプ場は大盛況といった感じだ。

ファミリー客やソロキャンパーだけでなく、びっくりするほどバイクが何台も駐まっている。

「そりゃ、ここは温泉もあるし、セコマも近いし完璧よ」

私もバイクで来たら良かった、なんて愛さんが言っている。でも確かに、道も走りやすそうだったし、途中何台ものバイクとすれ違った。

それにキャンプ場近くにセコマがある事の頼もしさ。

最悪ご飯を炊くのに失敗しても、ホットシェフがあるから大丈夫なのだ。

明るいうちに設営をと、僕は駆流君と遥花さんの協力で、大きな家族用テントを建てた。

二人がある程度はやり方をおぼえていたのと、僕も事前に動画サイトなどで予習してきた甲斐(かい)あって、準備はごくごくスムーズだ。

僕も今日のために、軽量かつ簡単に建てられる、モンベルのムーンライトテント1型を購入した。

勇気さんも、もう1サイズ上の2型を持っていて、サブテントにおすすめなんだそうだ。愛さんも今日はその2型を、勇気さんに借りてきていたので、伴野家のテントを建てた後、一気に二つ設置に取りかかった。

幸いこの二つは手間も苦労もほとんどない。そもそもこのムーンライトシリーズは、月明かりの下でも建てられるほど、楽々設置がコンセプトなのだ。

とはいえ、どのテントもほとんど初めて設置するものばかりだ。てきぱきというには、時々何度か手が止ってしまったものの、それでもなんとか三棟建て終え、僕は心底ほっとした。

汗をうっすらとかいた額に、湖からの爽(さわ)やかな風が心地よい。

折りたたみチェアを組み立て、湖に向き合うように座ると、日が傾きはじめた空はうっすら茜色(あかねいろ)が差してきている。

あんまり綺麗で、心地よくて、こういう時、いつも一生このままここにいたいような、家に帰りたくないような気分になる。

とはいえ、今日はこのままのんびり日が沈むのを待つ訳にはいかなかった。

晩御飯はえり子さんと奏歌さんで無水カレーを作るというので、早めに火を焚こうという話になっているのだ。

火を熾す準備をしていると、駆流君がひょっこりとやってきた。

「僕も自分で熾せるようになりたい」

さすがにもう、僕は火熾しで手こずりはしないし、ライターや焚きつけを使う簡単な方法なので、教えるのも気は楽だ。

特にお父さんがよくフェザースティックを使っていたというので、モーラナイフで細木の切り出し方を教えることになった。

割って小さくした薪なんかを、燃えやすいように、ナイフで薄く削り重ねて、鳥の羽のようにするものだ。

「こんな感じですか？」

「今回は火口じゃなく焚きつけ用だから、そんなに薄くしようとしなくても大丈夫だよ。少し怖いかもしれないけど、ナイフの背に親指を添えない方がいい」

「こう？」

「うん。ナイフの刃を寝かすようにして、そのまま地面と水平にナイフを動かす。ナイフを立てると厚く、寝かせると薄くなるんだ」

少し怖そうに、アウトドア用のナイフで小枝を削り出す横で、燃やしやすいサイズに薪をナイフで割っていく。

そういえば僕もこんな風だったな、なんて伯父さんの事を思い出しながら、駆流君に指示をしていると、それを見た奏歌さんが「なんだか、パパを思い出すね」と懐かしそうに笑った。

「ってか、雨宮さんも人がいいよね、わざわざこんな所まで付いてきてくれるんだもん」

「本当に、大変なお仕事ですね」

そう姉妹が褒めてくれたので、なんだかめちゃめちゃ恥ずかしい。

「あ……これは正直、仕事の範疇は超えているというか」

とはいえ、今は全てのことが模索中だから。

勢いを増すと積極的なのに、焚き火や炭火を熾そうとする時の炎は、なかなかつれない。

小枝やフェザースティックと空気、そして僕らの苦労を焚きつけに、やっと赤々と火が燃え上がると、ダッチオーブンでえり子さん達がカレーの準備を始めた。

遥花さんはテントの中を整えたり、ご飯を炊く準備をしたり、細々としたことをやっていた。

　駆流君はフレキシブルにお手伝い係だ。

『お父さん』という司令塔がいなくても、一家は見事な連携で、夕食の準備に取りかかっていた。

　ここまでくれば、あとは一家でなんとかなるだろう。むしろ僕はもう、お邪魔虫だ。

　なので僕は愛さんと焼肉を楽しむ為に、今度は炭火を熾す準備をはじめた。

　なんだかんだ、この作業が一番好きなのだ。

　人間に火をもたらした神様へ、感謝の気持ちに溢(あふ)れていると、僕は不意に、一家を見て不思議そうな顔をした男性がいる事に気がついた。

　四十代くらいで、中肉中背に、坊主刈りの男性だ。

　駆流君がいるとはいえ、女性の多い伴野一家だ。不埒(ふらち)な不審者なんじゃないかと、僕は不安になった。

　とはいえ、彼は彼で、一緒に来ている人達がいるらしい。どうやら奥の方に陣取っているバイク集団だろう。

　チラチラとこっちを見る視線が気になって、僕はそれとなく伴野家に伝えに行く。

「え？　男性が？」

　ＬＥＤランタンを、スタンドに引っかけようとしていた遥花さんに、一応用心した方が良いかもと告げると、顔を上げた彼女は、警戒したように男性の方をこっそり見ようとして、そしてぱっと目を見開いた。

「あ！」

二人の目が合った。どっちも驚きと確信がその表情に浮かんだ。

「大丈夫です、知り合いです」

そう遥花さんが僕に微笑んだ。

「あ、そうなんだ、良かった」

男性も驚きの声で駆け寄ってくる。

「やっぱり！　伴野さん、どうしてここに!?」

「えっと……寺尾さん、でしたっけ？」

「そうです、寺尾です！　伴野君の同僚の！」

と、男性が頭を下げると、えり子さんも「あら！」と慌ててよそ行きの仕草で、改めて「先日はどうも――」なんて挨拶をはじめる。

どうやら不審な人ではないようで、僕はほっと胸をなで下ろした。

「いやあ、それにしても、よくここがわかりましたね。伴野君は家族は知らないと言っていたけれど、やはり彼のSNSを？」

「はい？」

「ええ、それなら今日のオフ会の事、やっぱりちゃんとお教えするべきでしたね、すみません、勝手に集まってしまって」

驚きつつも、ばつが悪そうに頭を下げる寺尾さんと、困惑する伴野家。

お互いになんだか話が嚙み合っていないようで、寺尾さんは顔を上げてあれ？　という顔をした。

「え……じゃあ、もしかして偶然で？」

「あ……みんな、父のSNSというのは、知らないですが……」

そう遥花さんが困ったように答える。

「それは……なんだか胸が熱くなるな。伴野君が皆さんを呼んだんですかね……」

途端に彼はぐっとこみ上げるものを隠すように、目元を押さえた。

「すごいな、こんな事ってあるんですね。実はこの三連休は、伴君の追悼ツーリングに、SNSのバイク仲間が集まっているんです」

そう言って、彼はちょっと紹介しますね、と、自分の後ろで、焚き火を囲んだライダー集団を振り返った。

「え？　お父さんの？」

と、えり子さんと三姉弟も不思議そうに顔を見合わせる。

「はい。彼は今でこそバイクに乗ってませんでしたが、バイク好きな事には変わりませんからね。SNSでよく同じくバイク好きの仲間や、同年代でバイクを休んでる人達と交流していたんですよ」

そう言って、彼は今度は、どうやら追悼ツーリングの為に集まったという集団に声をかけた。

そこには世代も様々、男性が多いものの、女性だけや夫婦で参加していると思しき人も含め、二十名ほどの人達が集まって、隼人さんの思い出を語り合っていたというのだった。

「明日、道外からの参加者も合流します。みんな伴君を偲んで集まった人達です」

「そんな……」

そうやって改めて紹介され、えり子さんは口元を覆い、言葉を失ってしまった。

その目から、はらはらと涙が零れはじめたので、代わって遥花さんが、集まった人達に頭を下げ、挨拶をした。

彼らもこの偶然に驚き、涙し、亡くなった隼人さんのサプライズだなんて言う人達もいた。

当然、伴野一家は大歓迎を受けた。

本当は家族で静かにお父さんの事を偲びたかったんだろうなと、思わなくもなかったけれど、夫を、そして父を慕う人達が、こんなにも集まってくれていたという事に、一家も感動せずにはいられなかったのだろう。

更にSNS経由で声をかけられ、気がつけば総勢三十名近くで、わいわいと宴が始まった。

さすがは海沿いの町だけある。そして酪農の盛んな場所でもある。

近くで漁師をやっているという人が、わざわざ毛ガニやら、分厚い真ホッケの開きやら、ごろごろツブ貝に、ホタテをもって駆けつけてくれたかと思えば、国産のラム肉やら牛肉やら、ソーセージ、ラクレット用のウォッシュ系のセミハードタイプのチーズ、カチョカバロなんてものまで、海鮮、肉、乳製品と、もうとんでもないご馳走が集まってきた。

精進落としというには豪華で、四十九日の忌明けも済んでいない時期に、もしかしたらふさわしくない宴だったかもしれないけれど、誰も、何も言わないだろう――きっと、隼人さん本人ですら。

いいや、むしろ喜んでいるだろう。

もしかしたら、隼人さんが……と思ってしまいたくなるような、小さな奇跡のようにも思えて、僕は何度も溢れてくる涙を手の甲で拭わなければならなかった。

だって僕と愛さんまでご相伴にあずかった、この一期一会の宴は、彼の好きだった本のワンシーンに、奇しくも似ているような気がする。

「偶然でも、お会い出来て良かったです。お伝えするかどうか悩んでいたものですから」

そう寺尾さんが言うのを聞いて、えり子さんは寂しげに微笑むと「確かにそうですね……私のせいで主人はバイクに乗らなくなったんですから」と俯いてしまった。

「それは違いますよ。休んでいただけです。それにそれは、誰かのせいじゃない」

「そうでしょうか……こんな事なら、もっと沢山、バイクに乗せてあげたかったです」

「結果論ですよ。それに家族が出来れば、そして親になれば、何かを我慢するのは誰しも同じでしょう。奥さんだって、今は少し休んでいる趣味の一つや二つ、あるでしょう？」

そう言ったのは、寺尾さんとは別の、隼人さんの古いバイク仲間という、川崎（かわさき）という男性だった。

隼人さんより少し年上の印象で、恰幅（かっぷく）が良く、口ひげがおしゃれだ。

「僕もね、娘が高校生になって全然遊んでくれなくなるまで、バイクは休んでたんですよ。好きならまた時間をおいても再開すれば良いし、別の楽しい事を新たにはじめたっていい。『親』の趣味っていうのはそういうもんだと思います」

ねえ、と川崎さんが寺尾さんを振り返った。

「確かに伴君は、貴方（あなた）を傷つけてしまった事を後悔していたし、それを払拭（ふっしょく）するために躍起になっていた時期はあったと思います。でも……今は今で、充分楽しんでいる人だったから、今ここで、こんなに人が集まっているんじゃないでしょうか？」

「復帰したらこのバイクを買いたい、とか、一回元旦（がんたん）の宗谷岬初日の出ツーリングに参加したいとか、また走る気満々でしたよね」と川崎さんが言うと、寺尾さんも確かに！と声を上げて笑った。

「それでも、まだ復帰しようとしなかったのは、それ以上に彼にとっては、家族の時間が楽しかったからですよ。どんなに楽しい事でも、人間身体は一つです。だからね、『私のせいで』なんて、思う必要ないと思います」

「そうでしたか……」

えり子さんと、そして遥花さんがほっとしたように息を吐いたのがわかった。

そんな二人を見て、奏歌さんが「ねえ！」と声をかけた。

「せっかくパパの事を好きな人達が集まってくれたのに、そんな顔してんのはなんか違うよ。パパの為なら、みんなで楽しくならなきゃ！」

にっこり笑って、暗い表情を浮かべた母と姉を鼓舞する姿に、僕は改めてカナタさんの名前が『彼方』ではなく、奏歌である事に気がついた。

あの本の中、『私』がバイクの次に好きだったのは歌だった。

そうしていつも音楽は、言葉を超えた友情を引き寄せた。

名は体を表すと言うけれど、彼が付けた子供達の名前は、三人の事を本当によく表していると思う。


そうして夜は更けていき、オレンジ色の焚き火の火が、明滅する赤い光に代わる頃、

「明日は皆さんどうするんですか？」と遥花さんが何気なく、寺尾さんに問うた。

「宗谷の方へ行って、オロロンラインを走る予定です——あの、バンディットで」

そう言って寺尾さんが振り返った所に、少し古そうな印象のバイクが一台駐まっていた。

「スズキのバンディット……GSF1200／S　GV75Aですか？……少し古いバイクですね？……もしかしてそれって？」

愛さんが、ビール片手に意味ありげに問う。

「ああ、はい。これは昔、伴君が乗っていたバイクです」

「やっぱり！　お名前が伴野さんだからっていうのもわかったんですけど、皆さん彼の事を『バン君』とか『バンバン』って呼んでるんで、もしかしたらって」

「ええ、その通り。バンディット乗りのBAN君なんですよ」

ははは、と笑う寺尾さんが、今でも問題なく乗れるように、手入れをしているという隼人さんの元愛車を、伴野一家と僕らに見せてくれた。

「……見覚えがあります」

そうえり子さんが懐かしそうに呟いて、優しく、そして愛おしげにハンドルを撫でた。

「じゃあ宗谷の方ってことは、やっぱり、白い道とかを走るんですか？」

僕が問うと、寺尾さんは「ええ。明日は天気が良さそうですし」と嬉しそうに頷く。

確かに青い海と、緑の丘陵、白い道――明日の天気なら、そのコントラストは劇的に美しいだろう。

「でもメインはエサヌカ線なんですよ。ご存じかもしれませんが、伴君が北海道で一番好きだった景色は、多分あそこなんです」

「え……」

　思わず僕と遥花さんは、顔を見合わせた。

「や、やっぱり、本当にエサヌカだったんですね！」

　そうどちらともなく言って、僕らは嬉しさのあまり、今までの人生でやった事なんか一度もない、しかも申し合わせた訳でもない、フィスト・バンプ――拳を突き合わせる仕草――をしてしまった。

　そして遥花さんはへへっと笑った。

　だってそれは、あの本の作中で、『私』が好んだ仕草だったからだ――なんだよ、遥花さん、ちゃんと読んだんじゃないか！

　そんな僕らを、ビール片手に面白そうに見ていた愛さんが、「あの、お願いしても良いですか？」と寺尾さんに声をかけた。

「はい？」

「そのバイク、明日エサヌカ線で少しだけ貸して貰えませんか？　私、今回は車で来ちゃったんですけど、普段は隼に乗ってるんです」

「え？　あ……まあ……少しでしたら」

　正直、あんまり『いいですよ』とはいえないような、困った顔で寺尾さんが答える。

「あざっす！――じゃあさ、遥花ちゃん、明日さ、お父さんのバイク、後ろに乗ってみない？」

　前半は寺尾さんに、そして後半は遥花さんに向かって、愛さんが言った。

「え？　私がバイクにですか？」

「そ。怖い？　大丈夫。一回しか曲がらないし、あとはずっと直線だもん。ぎゅっとしがみついてりゃいいからさ」

「いいえ、でも……」

怖くはないと思うけれど……でも、それでも遥花さんは困惑を見せた。

「せっかくだからさ、お父さんが見た風景、感じた風を、体験してみたらどうかなって」

「え……」

突然の提案に、遥花さんが真剣な表情で、悩むように俯く。

「確かに、それは名案ですね」

寺尾さんも合点がいったというように、今度は笑顔で頷いた。

そんな二人に背中を押され――やがて顔を上げ、遥花さんは覚悟を決めたように、「お願いします」と力強く頷いたのだった。

拾肆

キャンプ場からそう遠くない所にあるエサヌカ線は、8・4㎞と少し曲がって4・2㎞の、海岸線のまっすぐな道だった。

左右に原野や牧草地、原生花園が広がり、遮蔽物はなにもない。

電柱や信号機、看板もないのだ。本当に視界を遮るものがない。

あるのは空と、海と、緑と、どこまでも続くまっすぐな道だけ。

ここはたしかに、ヨーロッパの田園風景を思わせる。

今は夏で、目に入る色は『緑』だけれど、季節がすすみ、広大な牧草地帯が金色に染まる頃は、もしかしたらケープタウンからアグラス岬の道に似ているかもしれない。

でも……とにかくそれは圧倒的な景色だった。

北海道に生まれ育った僕でも、こんな景色は見たことがない気がする。

地平線が丸い。

まっすぐ、空に向かって道が延びている。

「道も案外でこぼこだから、そんなにスピードは出せないけど、しっかり掴まっててね」

隼人さんの遺したバンディットに跨がり、愛さんが後ろの遥花さんに声をかける。

借りたヘルメットとインカムのお陰で、意思の疎通は問題なさそうだ。

少し緊張しつつも、遥花さんはぎゅっと愛さんにしがみつく。

エンジンの擦れたような重低音から、ドゥルン、ドゥルンというマフラー音が響いて、なんだか僕まで緊張した。

そしてこうやって大きなバイクに乗っている愛さんを見ると、彼女はびっくりするほど足が長い。羨ましいぞ、高木姉弟。

そして遥花さんもだ。バイクってもしかして、ある程度からだが大きく、手足が長くないと乗りにくいものなんだろうか……なんていうか……僕には乗れない気がしてきた。

『じゃ、イキマース』

そうして、とうとう愛さんが緊張感なく言うと、バイクが走り出した。

その後を、僕らは車で追走する。

全開にした窓に、心地よい風が飛び込んでくる——海と緑の匂いがする。

「すごーい！　広い！　日本じゃないみたい！」

奏歌さんが興奮したように叫んだ。

「お父さん……ここを見せたかったんだ……」

駆流君も感無量といった調子で、流れる景色に見とれている。

「本当ね。お父さんは、この道を想って……貴方たちの名前を考えたのね」

えり子さんが囁くような、擦れた声で言った。

その頬に、涙が伝っている。

『——遥か彼方へ、風のようにまっすぐ、空に向かって駆ける』

と、インカム越しに、遥花さんが呟いた。

真っ青な空には雲一つなく、まるで天国まで続いているようだ。

道はどこまでもまっすぐ、海と空に繋がっている。

不意に亡き人か、この先にいるような、そんな気がした。

『ここが……伴野君が北海道で一番愛した道です。伴君、やっとみんなで来れたね』

寺尾さんが、言った。

その声も涙で濡れていて――そして、もう一人。

インカムから、誰かのすすり泣きが聞こえる。

『う……うう……』

それは、他でもない、遥花さんの嗚咽で、僕もついに（いや、本当は車が発進した直後から）涙腺が崩壊してしまった。

「パパーーーーー！　きたよーーーーーーー！」

不意に、奏歌さんが、窓から身を乗り出すようにして、空に向かって叫んだ。

「おとーさーん！」

駆流君も叫ぶ。

『うわあああん、おとうさあああああん！』

そんな二人に負けないくらい大きな声で、とうとう遥花さんが泣き出した。

「お父さん、大好き！　大好きだよー！」と、叫ぶ、三人の合唱は、この道の向こうにしっかりと届いただろうか？

雲一つ無い青い空。まっすぐな道。

この道は、その時確かに天国まで続いていた。

終

お父さんによく似た遥花さんが、お父さんの四十九日の済んだ後、一番最初にやった事は、大型バイク免許の取得だった。

そうして寺尾さんに預けられていたバンディットは、他でもなく遥花さんが引き継いだのだ。

お父さんの原点である一冊の本とバイク。

バンディット伴野の二代目襲名に、寺尾さん達ＳＮＳの面々が大喜びだったというのは、想像に難くない。何か困った事があれば、教えてくれる人達には事欠かないそうだ。

それだけではなく、あの日来ていた父の友人・札幌に住む川崎さんの一人娘・翼さんも、ちょうど今年からバイクに乗り始めたという。

ちょっと生真面目で、頑固で慎重な遥花さんと、グイグイ感性だけで進んでしまう、天才肌の翼さん。

互いの父親がきっかけで、連絡を取るようになった二人は、これから北海道中をバイクで旅するようになるのだが——それはまた別のお話。

第弐話　あなたがくれた約束

壱

その日はせっかくの休日だったのに、朝から激しい雨が降っていた。

とはいえ僕はなんだかんだ、雨が嫌いじゃないのかもしれない。

災害のようなゲリラ豪雨は絶対に嫌だけど、ほんのひとときざんざか荒々しく降り注ぎ、ベランダの手すりやら窓やらに、騒々しく叩き付けるような雨は、ちょっとだけお祭り騒ぎみたいな楽しさがある。

今日は午前中、旭川の街中をそっくり洗い流すような雨が降った。

うひゃーっとなるくらいのザンザン降りの後、それでもまだ降り足りないというような、しとしとと雨が降り続いた。

僕は一日、そんな外を時々ぼんやり眺めたり、家の掃除をしたり、勉強をしたりして、のんびり過ごした。たまにはインドアもいい。

お昼は紫苑さんと、簡単に長芋うどんにした。

トロロうどん、ではなく、長芋うどん。

茹でてしっかり水で締めた乾麺のうどんの上に、香味野菜の小ネギとミョウガと大葉、そして千切りした長芋をたっぷりのせたおうどんで、味付けはめんみとサラダ用のごまドレを合わせたWつゆ。

薬味の風味や独特の辛み、長芋のシャキシャキした食感に、お出汁と胡麻のこっくりとした濃厚さと甘みがよく絡んで、本当に美味しかったけれど、食事としては少し軽めだったのか、夕方四時過ぎには、もうお腹が空いてきてしまった。

晩御飯は何を作るんだろう？

冷蔵庫に厚切りの豚肩ロースがあったから、カツかポークステーキかな。

多分夜はガッツリ系だと思うから、ここで間食するのはなぁ……なんて思いつつも、お腹はぐうぅと正直で、仕方ない、ちょっとコンビニでも行こうかな？　というところで、本日二度目のゲリラ豪雨。

朝の天気予報では、『雨は夕方には上がるでしょう』と言っていたのに、空にはそんなつもりはないらしい。

これは天気も『晩御飯まで待ちなさい』と言っているんだろう。

しょうがないなと諦めて、今日は僕以上にやる気が出ないレイと、キャベツを数枚つまみぐいしながら、ソファで夕方の情報番組を見た。

今日は全道的に不安定な天気で、道南では道路が一時冠水する程の雨が降ったらしい。

旭川市内は大丈夫だろうか？　と窓を覗くと、雨はさっきよりは随分落ち着いているものの、時折雨脚が強くなるのを繰り返していた。

せめて望春さんが帰って来る頃には、やんでいたらいいんだけど……。

と、空模様を見ながら考えていたその時だった。

「うぉん！」

僕の隣に大人しく丸くなっていたレイが、突然起き上がって一声上げた。

「レイ？」

隣の紫苑さんの診察室に、患者さんが来たのかとも思ったけれど、普段レイはあまり声を上げて鳴かない。

しかもぱたぱたと尻尾が振られている。

飛び跳ねて喜ぶような、無邪気さはないけれど、明らかにレイが嬉しそうな表情だったので、どうしたのかと困惑していると、インターフォンが鳴った。

誰かと思えば菊香で、相談があると彼女は言った。

それにしてもこの部屋は八階で、マンションはオートロックだから、菊香がインターフォンを鳴らしたのは、当然一階のエントランスだ。

レイは菊香の事が好きだから、彼女が訪ねてきて尻尾を振るのは当然として……遥か一階の来客の足音も、犬は聞きつけてしまうんだ……？

わんこ恐るべし……なんて思っていると、部屋まで菊香が訪ねてきた。

「え？　傘なかったの⁉」

「うん……ごめん、タオル借りてもいい？」

しょんぼりと、俯き加減で言った菊香は、雨でびしょ濡れだった。

「タオルでどうにかなる？　着替え貸そうか？」

「ううん。たぶん、だいじょうぶ」

彼女は力なく言った。なんだかいつも朗らかな菊香っぽくない。

ソファをすすめると、濡れちゃうから、と言って、彼女はダイニングチェアの方に座った。

その足下ではたはたとレイが尻尾を振って、妙に大人しく付き纏っている。

普段と違う彼女を心配しているのか、単純に撫でて欲しいのかはわからないけれど、なんとなく前者の気がした。

菊香もどこかぼんやりと、レイに求められるまま、その頭や首をごしごしと撫でていたので、僕も持ってきたタオルで、菊香の頭をごしごし拭いてやった。

それでも拭いてあげている時、「頭がぐらぐらする」とか笑いながら言っていたので、もしかしたら僕の心配しすぎかもしれない。

「急にどうしたの？　雨宿りに来た？」

「ううん。迷惑だった？」

「暇だったから別に良いけど……寒くない？　フリースの毛布持ってこようか？」

「ううん――うん」

レイを撫でながら菊香は首を横に振って――そして思い直したように頷いた。慌てて自分の部屋から、アウトドア用のブランケットを取って来る。これなら大きくて、暖かくて、濡れてもすぐ乾かせるから丁度良い。

「やっぱり着替える？　風邪引いちゃわない？」

「それは……へいき、たぶん」

「そっか」

望春さんのインスタントの抹茶オレを一本失敬して、菊香に淹れてやる。

彼女はそれを美味しそうに飲んで、ほっと白い湯気を吐いた。

「それで、どうしたの？」

「…………」

改めてもう一度問うと、彼女は黙ってしまった。

インターフォンで、相談したいと言っていたし、何か悩み事でもあるんだろうか。やっぱり普段と様子が違う。

でも……だったら焦って無理に話をさせるのも可哀相だ。

僕も紫苑さんみたいに、何か上手に会話を引き出せると良いんだけど……。

悩んだ末に、僕は菊香の隣に腰掛け、そのまましばらく二人でレイを撫でた。

こういう時、犬っていい。言葉が見つからなくても、時間が優しくなる。

だけどこのままただ、二人でレイを撫でているわけにもいかないと思ったんだろう。

やがて覚悟を決めたように、菊香が口を開いた。

「あ……あのさ」

「うん？」

「青音は……本当のお父さんとお母さんの事を考える事はない？」

「え？」

突然の、思いもよらない方向からの質問に、僕は面喰らってしまった。その質問に答えは用意していなかった。

「そ、そんな事聞いてどうしたの？」

「どうって……青音は怖くならない？　自分のルーツっていうか、そういう……」

「うーん……」

その質問に、僕は困惑した。

「うーん……いままで、それはあんまり考えないようにしてきたんだ。母さん達を否定するつもりは0なんだけど。でもそれでも実の両親を恋しがるのは、今の親を蔑ろにしているような気がしちゃって」

「そっか……」

「でも、菊香のお父さんとお母さんは、はっきりしているでしょう？　どうしてそんな事を？」

「どうかな、それが……わかんない」

「ええ？　菊香、結構お母さんにそっくりだと思うけど」

菊香とお母さんは、うり二つとまではいかないけれど、ぱっちりしてきゅっとつり上がった目と、ぽてっとした唇がよく似ている。

一緒に暮らすと似てくる……なんて話も聞くけれど、二人はどう見ても同じ遺伝子を感じるのだ。

そんな僕の考えには同意だったんだろう、菊香はうん、と頷いた。

「そう……お母さんにはね」

「逆に、上の二人はお父さんに似てるよね、パーツ単位じゃなく、なんとなく全体の雰囲気っていうか」

「…………」

そう言うと、菊香の表情がみるみる曇った。

「……どうしたの？」

「…………」

また菊香が黙ってしまったので、困ったぞ、と僕は小さな焦りを胸の奥に感じた。じれったいっていい訳じゃなく、もし紫苑さんや望春さんが来たら、余計話せなくなってしまうんじゃないかっていう心配だ。

あと三十分もしたら、紫苑さんが夕食の支度をはじめてしまう。

とはいえ、幸いメインは望春さんの帰りを待って作るだろうし、副菜はちくわとこんにゃくの煮付けと、茄子(なす)とアスパラの揚げ浸しが残っている。

後はせいぜい、お味噌汁とキャベツの千切りを用意するだけだろうから、なんなら菊香の話を聞きながら、僕が作れば良いか。

上手く言えないことや、言いにくいこと、けれど伝えたい葛藤を抱いた状態で、焦らせるのは可哀相だ。

いつもなら笑顔の多い菊香の表情が、見たことがないほど物憂げだった。

濡れてほつれた髪が、頬に張り付いているのを、指ではらってあげると、菊香はくしゃっと泣きそうに顔を歪めた。

「……実はさ、今日病院に行って来たの」

「え？　どっか具合悪いの？」

「ううん、私じゃなく、お見舞いに……それでね」

菊香の目に、ぶわ、と涙が浮かんだ。

「それで……もしかしたら……私のお父さん、パパじゃないかもしれない」

弐

はらはらと流した菊香の涙は、悲しいけれどすごく綺麗で、僕は一瞬、紫苑さんの為に採取したいって思ってしまった。

でも勿論そんな事は言えないし、すぐに何を考えてるんだって我に返った。どうかしている。

そんな考えを吹き飛ばすように、慌ててテーブルの上に残った、まだ濡れていない最後のタオルを菊香に手渡す。

彼女はタオルに顔を埋め、「うー」と嗚咽をかみ殺して唸ると、覚悟を決めたように、真っ赤な目で顔を上げた。

「今日ね……『カズおじさん』のお見舞いに行って来たの。おじさん、病気でもうそんなに長くないっていうから」

彼女は何かを吹っ切って、少し早口に言った。

「……そっか」

「おじさん、絵画とか美術品を取り扱う仕事をしている人なんだけどね、自分が死んでしまう前に、形見分けっていうか……私にね、一枚好きな絵を譲ってくれるっていうの。どれでも好きな絵を、自分の代わりに大切にして欲しいって」

「へえ、良かったね」

「うん……でも、それだけじゃなくて、おじさんね、奥さんや姉妹とかもいなくって、だからお母さんから受け継いだ指輪とか、そういうアクセサリーとかもね、私に貰って欲しいって言うの」

なるほど、アクセサリーだから女性という決めつけは現代的じゃないにせよ、それは確かに女性から女性へ、受け継がれてきた物なのだろうなと思った。

「でも……その人ね、親戚とかじゃないの。お母さんの親友っていうか……」

「……え？　親戚じゃないんだ？」

「うん。そうなの。言ってしまえば『赤の他人』……になるのかな」

言いにくそうに、菊香が言葉を濁す。

でもなるほど、やっと菊香の葛藤が見えてきた。

「青音も知ってると思うけど、うちのお母さんてさ、ちょっと、なんていうか……性格が……」

「ああ、うん。ちょっと……厳しい人だよね。くっきりはっきりで」

僕の記憶の中では、綺麗だけど苛烈な人……という印象だ。

「うん。あの通りだから、うちはパパの方がおっとりで、女子力高い感じなのね。あんまり叱られたりした記憶もないし」

それはなんとなく、お母さんは『お母さん』、お父さんは『パパ』という、菊香の呼び方にも表れていると思った。

「だから、友人関係も、サバサバした感じがいいみたいで……」

「じゃあその人が、カズおじさん？」

菊香が頷いた。

「そう。私が生まれる前から家族ぐるみで付き合っている人だし、私の中での距離感は親戚というか……叔父さんみたいな感じでね。むしろ昔はそうだと思ってたから、お母さんの友達だって知ってびっくりしたくらい」

でも話によると、彼はお正月を一緒に過ごしたり、時には家族旅行に同行したり……確かに幼い菊香が勘違いしても仕方がない距離感だ。

「おじさんは私達兄妹(きょうだい)にすっごい優しくて、お年玉も一番くれるし、お誕生日だとか、クリスマスだとか、そういうイベントごとも絶対プレゼントを忘れないで、本当に可愛がってくれるんだけど……」

「けど?」

「……なんていうかな、実際にそう聞いたわけでもないし、私の感覚的なものだから、もちろん勘違いかもしれないけど……なんだかね、三兄妹の中で私の事を特に可愛がってくれている気がするの」

菊香はそう困惑したように、そして言葉を選び、濁すように言った。

「……そうなんだ」

なので、僕は急に不安になった。お母さんの友人とはいえ、他人である男性が、少女を特別可愛がる……という事に、何か含みがあるのかと心配になったのだ。

「あ、でも、変な意味じゃなくて!……小児性愛とか、そういうヤバい意味じゃなくてよ⁉ 嫌な事とかされたこと、全然ないから!」

「ああ、うん。それなら良かった」

「……まぁ、逆にそっちだったら、こんな風に悩んだりしないから、良かったのかもし

「うん。全然良くない。一ミリも」

　そんなの、絶対にいい訳がない。僕が真顔で頷くと、菊香は「だよね」と苦笑いした。

　とはいえほっとした。でも、じゃあどうして彼女がそんな風に困っているか、だ。

　でも、そこで僕は彼女の最初の質問に、やっと話が繋がったのがわかった。

「ああ……だから『本当の両親』の話になったんだ」

　成程、そういうことか。

　昔から、自分を誰よりも可愛がってくれている、赤の他人のおじさんが、自分に遺産の一部を遺そうとしている——そこに違和感を覚えて、彼女は理由を探しているのだ。

「うん……」

「でも、だからって、その『カズおじさん』が菊香の本当のパパかも？　っていうのは、話を飛躍させすぎじゃないかな」

「そうかな……でも……変だと思わない？」

「うーん……」

　変かどうか判断できるほど世の中を知らないけれど、でも遺産の事はあまり一般的な事ではないかな？　とは思う。お金に関わる相続のことなら、養子縁組という方法を取る方がいい筈だ。

　一親等か配偶者以外の相続は、税金が二割増し……と、前に佐怒賀さんに聞いた事がある。

税金が多くかかってしまったとしても、他人のまま彼女に遺したいというのは、確かに理由――というか、強い意志のようなものを感じる。

でも……だからといって、彼が本当のお父さん、というのは……。

そんな答えあぐねる僕を、じっと菊香は黙って見ていたけれど、やがて不服そうに唇を尖（とが）らせ、うつむいた。

僕が理解していない事に、少し苛立（いらだ）っているみたいだった。

「……おじさんはさ、もしかしたら、お母さんのことが好きなんじゃないかって思うの」

「でも、親友なんじゃ？　僕だって菊香のことは好きだよ？」

「そ、そ、そ、それは私もだけど！」

菊香が妙に慌てて言った。だけど親友なら、当然お互いに友愛というか、男女の感情とは別に、そもそも好きで当然じゃないだろうか？

菊香はよっぽど返答に困ったのか、妙に頬を上気させて「ううん」と唸った。

「でも、友達だからって、友情だけとは限らないと思うの。実はおじさんね、前に一回結婚したことがあったんだけど、結局二年くらいで離婚しちゃってるのね」

「それは……でも、それはお母さんの事は関係ないかもよ？」

「そうだけど、その奥さんの事、お母さん大嫌いだったっていうか、離婚して喜んでるくらいでさ」

「じゃあそれは逆に、お母さんがおじさんの事を好きだって事じゃなく？」

「そうなんだけど……それとも違って、うーん……お母さんが嫌いな人と暮らすより、お母さんの方を優先したのかなって、ちょっと思って」

「………」

　菊香はそういう、男女の関係性みたいなものを必死に話そうとして、でも僕に上手く説明しあぐねているみたいだったし、僕もよくはわからなかった。

「勿論その事だけじゃないの。そういう色んな事も、ちいさな頃は特別何も思う事なく、彼は大好きな『カズおじさん』なだけだったの。でもさすがに私ももうちょっと大人になって、薄々変だなと思うようになったっていうかさ」

　勿論、そんな目に見えて不自然だったり、怪しいやりとりを見たりしたわけではないと、菊香は言った。

　肉親のような親しさであるけれど、それは同時に母とカズおじさんの関係性に、艶めいた物が皆無だったという事でもある。

　だから全ては自分の邪推だと、彼女は溜息を洩らした。

　とはいえ、それすら周到に、あえてその関係を人前では貫いているようにも感じるという。

「だってね、確かにカズおじさんには、お母さんの形見のアクセサリーを大事に継いでくれる人がいない、っていうのはわかるの。私は絶対大事にするし。でも……とはいえ赤の他人の私よりも、血縁の親戚ぐらいはいるわけ。なのに、なんで私に遺すのかなって」

「単純に、親戚と仲が良くないんじゃ？」

まあ、血縁だからといって、遺産を遺したいかと言えば、そうではないとは思う。実際伯父さんは、僕以外が受け取る事になるくらいなら、全て寄付してしまうつもりだったから。

少なくとも年末年始を、小雛家で過ごしているぐらいだから、親戚づきあいは密ではないんじゃないだろうか。

「お母さんはなんて言ってるの？　その、形見分けのことは」

「……お母さんは、カズおじさんがそうしたいって言ってるんだから、難しい事は考えないで、受け取ってあげなさいって」

ほう、と菊香がもう一度溜息を洩らした。

「まあ……確かにね」

これから逝ってしまう人の意向は、できるだけ呑んであげたい気持ちはよくわかる。

「だけどさ、男と女の友情って、本当にそんな何十年も続くものかな？」

「友情と性別は、最終的には関係ないような気もするけど」

「そういうもの？　私だったら絶対に好きになっちゃう」

「うーん……」

それぱっかりは、僕には首を傾げることしか出来なかった。

また二人とも黙ってしまったので、レイが心配するように、きょどきょど、ちらちらと僕らを見上げている。

「でも……正直菊香のお母さんは、そういう事するタイプじゃないと思うな」

「そうだけど……365日、無敵でいられる人っていないと思うし、ちょっとした事で魔が差す……って時だってあると思う──すごい複雑だけど」

そういう一瞬の弱さのようなものを、責めるのは好きじゃないと、菊香は毛布の胸元をかき寄せ、自分を抱きしめるように言った。

誰だって苦しい時はある。自分だけじゃどうにも越えられない苦しみから逃れる為に、誰かに救いを求める事は、けっして間違いではないはずだ。

少なくとも僕は今、何度も紫苑さんに助けを求め、実際救われている。

だけどそれでも、二人が家族を騙したりしているのだとしたら、そして自分の出生に秘密があるのだとしたら、おぞましいし、絶対に許せないと、菊香は昏い目で言った。

彼女のこのアンビバレントな感情を、僕は否定する事は出来なかった。

そうか──こんな感情も含めて、だから彼女は僕に『本当の両親の事』を聞いたんだ。

そりゃ……僕だって考えたことくらいある。

もしかしたら、僕の本当の父親も、家庭のある人なのかもしれないと──菊香はそういう気持ちや不安を、僕と分かち合い、共感して欲しかったんだ。

「ごめん……そうだよね。不安で、怖くなるよね」

だから彼女は僕の所に来たんだ。ただ、友達っていうだけじゃなくて。

そんな彼女の気持ちに寄り添わず、安易に彼女の考えを否定していた自分が、酷い人間に思えて涙が出てきた。

「でも……そうは言っても、やっぱり結果は『そんな事ありませんでした』が、一番だと思うし、まだ確固たる証拠がないよ。だから……そんな風に悲しんだりしないで。ちゃんと僕が力になるから」

そう言って、僕は縮こまるように自分を抱きしめている菊香を、ぎゅっと抱きしめた。

悲しんで欲しくはなかったけれど、菊香は僕の腕の中で声を上げて泣き出した。

でも泣いて少しでも今の混乱や困惑が治まるなら良いだろう――涙の匂いを嗅ぎつけて、紫苑さんがやってこなきゃいいけれど。

僕にとっても菊香は赤の他人だけれど、でも、僕は小さかった彼女を知っている。だからだろうか――妹みたいに守ってあげたいと思う。

幸い紫苑さんは来ないうちに、菊香の涙の発作は治まった。

照れくさそうに、もう大丈夫、と小さく呟いた菊香を離すと、レイが僕らの間に強引に割り込んできて、フスン、と抗議するように鼻を鳴らした。

いやいや、僕が泣かせたわけじゃないから……。

「本当に知りたいなら、お母さん達本人に聞くか……後はＤＮＡ鑑定で親子鑑定をして、きちんと調べる以外に方法はないと思う。結局、二人に違うって言われても、信用しきれないだろうから」

ぐすぐす鼻を鳴らしながら、レイの首にぎゅっと腕を回す菊香に、箱のままティッシュを差し出す。

「うん……そもそも聞いても、こんなの絶対に二人とも本当の事は話してくれないと思うから、ＤＮＡ鑑定のことは、私も考えてるの」

鼻をかんでから、彼女は本当に冷静になったように、真剣な表情で頷いた。

「……でも正直言えば、本当に知りたいかどうかもわかんない。だって私、パパの事も、カズおじさんの事も大好きだから」

「だったら――」

「だけど、知らないまま……他人のまま、おじさんを見送るのが、本当に正しい事なのかな？」

『だったら、このまま気がつかないフリをしていたら？』と、出かかった言葉を菊香が遮る様に言った。

僕の目が、また熱くなった。菊香は独り逝こうとする大切な人を想って、こんなにも悩んでいるんだ……。

「でも、どうしてもやっぱり、面と向かって聞く勇気は持てないから……今度、青音も一緒にお見舞い行ってくれないかな？」

「僕が？」

「うん。それで、もし何かピンと来たり、おじさんに聞けそうなタイミングがあったりしたら、まず彼に聞いてみて欲しいの」

「ちょ……それはさすがに気が重いよ」

　確かに、力になってあげたいとは思うけど……。

「でも、他の誰にも話せない事なんだもん……」

「お兄さん達には？」

「正気？　話せると思う？」

「……まあ、それは確かに」

　菊香の二人のお兄さんは、こう言ってはなんだけど、菊香とはまったく違った性格をしている——つまり、あんまり性格が宜しくない。

「お願い！　お礼に今度旭山動物園奢るから！」

「菊香の為なんだから、別にお礼とかはいらないけど……」

　だからといって、快諾するにはあまりに重すぎる。

「…………」

　だのに、ふと下を見ると、『言う事を聞いてあげなさい』という目でレイが僕を睨んでいた。

いや、レイは何がなんだかわかってないでしょ……。

犬っていうのは優しくて、例えば捜し物をしている時に、一緒に捜してくれたりもするけれど、『ありました』と、勝手に全然違う物を見つけて遊びはじめたり、なかなか肝心な所までは理解してくれないのだ。

ただレイはシンプルに、悲しみ、困っている菊香を心配しているだけ――でも、その気持ちはわかる。

菊香の事が心配なのは、結局の所僕も同じだった。

「じゃあ一緒に行ってもいいけど……」

「ほんと!?」

「うん。でもあまり期待はしないでね？」

安請け合いは出来ないけれど、だからといって彼女をこのまま一人で悩ませるのは、あまりにも可哀相だ。

だから半ば仕方なくそう答えた時、丁度、患者さんの診察を終えた紫苑さんが戻ってきた。

びしょ濡れの菊香は、慌ててタオルでごしごしと顔をぬぐい、涙だけは隠そうとしたようだ。単純に紫苑さんが来て、恥ずかしくなったんだろう。

紫苑さんは、菊香が来ていた事に驚いたようだったけれど、勝手に彼女を招き入れたことを咎められはしなかった。

「…………」

だけど僕を――というより、菊香を見て、何か言いたげな顔をする。

「ダメです」

彼がシリンジなんかを持ち出す前に先手をうつと、彼は露骨にチッと舌打ちをした。

参

二日後、僕の仕事が早く終わったタイミングで、僕らは『カズおじさん』の入院する、大きな病院に向かった。

高校の帰りそのままの、制服姿の菊香はとても緊張した表情だ。

彼女の普段より短く荒い息づかいを聞いて、僕までぐっと心拍数が上がってしまった。病院というだけで、なんだか普段よりも心細いような気分になってしまう。

今日は天気も良く、面会時間という事もあり、病院内はお見舞いの人が多いようで、病棟は活気があった。

入院病棟特有の、少し窮屈だけど優しい空気の中、おじさんの病室に着くまで、菊香はずっと俯(うつむ)いて黙っていた。

なんて言ってあげるのが最良かわからなくて、僕は自分が犬だったら良かった、なんて思った。

僕が犬だったら、言葉なんかなくたって、菊香を慰められただろう——もっとも、病院の中には入らせて貰えないだろうけれど。

そんな菊香の思い詰めた表情も、おじさんの病室の前では笑顔になった。

正確には、笑顔を『作った』。できるだけそれが不自然にならないように、彼女は数回深呼吸をしてから、僕を一瞥して、アイコンタクトを送ってきたので、僕は頷く。

そしてぱあっと明るい『いつもの菊香』に早変わりして、彼女は病室のドアを開けた。

病室は四人部屋だったけど、どうやら今は二人しか入っていないらしい。

患者さんがいると思しき手前のベッドは、売店かどこかに行っているのか不在で、窓際のベッドには、五十代前半くらいの優しげな男性が、ベッドを起こして座っていた。

「菊香」

「えへへ、来ーちゃった」

菊香が普段以上に明るい声で、おじさんに声をかけた。彼は細い目を更に笑うように細め、菊香を出迎えた。

「いらっしゃい」

嬉しそうに微笑んで、彼は僕を見た。不審がるというよりは、僕まで歓迎してくれるような、そんな雰囲気だ。

「こちらがこの前お話しした、青音君でございまぁす！　そして、こちらがカズおじさん」

　そんなおじさんと僕に、菊香はまるでバスガイドさんのように、コミカルな仕草と口調でそれぞれ紹介する。

　いつもより不自然なほど明るい菊香を、痛ましく思いながら、それよりも菊香がカズおじさんに、僕の事を既に話していたのが驚きだった。

「どうも」と頭を下げると、おじさんは頷いた。

「お地蔵さんの、青音君だよね？」

「え？　そんな事まで話してるんですか？」

　驚く僕に、おじさんと菊香が顔を見合わせて笑った。まぁ、悪口ではなさそうだから、いいか。

　カズおじさんは、菊香が『本当に叔父（おじ）さんみたい』と言っていた通り、菊香の事をよく知っていた。

　友人と言うよりは、家族、肉親のような距離感だ。

　穏やかに談笑する二人を見ていると、確かに僕からも赤の他人には思えなかった。不安になる菊香の気持ちもわかった。

　そして菊香が、カズおじさんを本当に慕っていることも。

　二人とも僕に気を遣ってか、時折話を振ってくれたので適度に答えながら、僕はしばらくの間、他愛ない雑談をする二人を眺めた。

腰掛けた丸椅子は、ちょうど窓側の壁沿いに置かれている。

西日で温められた壁が、寄りかかると温かくて気持ちが良い。

換気のために僅（わず）かに開かれた窓から、爽（さわ）やかな風が吹いて、僕の頰を撫（な）でた。

穏やかな夏の、金色の時間。

夕暮れより少し前。

だけど太陽は、傾きはじめたらあっという間だ。

二人はそれがわかっているように、残された時間を惜しむように、会話に花を咲かせていた。

僕はこのまま、時間が止まればいいのにと思った。

こんな泣きたくなるような大切な時間に、お母さんとの秘密を問うだなんて事、出来るわけがなかった。

だけど時は流れ続け、そしておじさんは病身だ。

元気そうに見せてはいるけれど、その頰や首筋は瘦（こ）け、腕は点滴に繫（つな）がれている。

本当に日が暮れるよりも先に、おじさんの顔に疲労の色が見えてきた。

それを察した菊香も、「じゃあそろそろ帰ろうかな」と、名残惜しそうに言って微笑む。

「そうだ。それで絵のことなんだけど」

でも、おじさんがすかさず言った言葉に、この優しい空気の中で、今日の別れを済ませようとしていた菊香の表情が曇った。

「…………」

「どれか一枚、貰ってくれるだけで嬉しいんだ」

「そうだけど……絵ってそんな安いものじゃないでしょう？」

「僕のコレクションの中で一番高いのは、東藤龍生の作品かな。勿論高くない絵もあるよ。龍生の絵が良ければそれでもいいけれど、値段ではなく本当に菊香が好きだと思った絵を選んで欲しいんだ」

「でも……」

自分の大切にしている物を、大切な人に引き継いで欲しい、代わりに慈しんで欲しいという気持ちは、この仕事をしていて、本当によくわかる。

思いは、言葉は、愛は、目には見えない。

心は形に残らない。

だから代わりに、物で遺すのだ。

遺された物を引き継いで、遺族は愛されていた証を確かめるのだ。

とはいえ、菊香の気持ちも勿論わかっている。このまま膠着状態になりそうだったので、僕は悩んだ末に、そっと二人の間に入った。

「あの……じゃあさ、菊香はまず一度、絵を見せて貰ったらどうかな？」

「え？」

「一度見せて貰って、その上で考えてみたら？」

「それがいい！ それでどうかな？ 菊香」

僕の提案に、おじさんが表情を輝かせた。

「え……」

菊香が僕を一瞬睨んだ。話が違う……と言いたいのかもしれないけれど、今日はこのまま、笑顔のままでお別れしたいじゃないか。

「だって何も見ないで断るのは、おじさんとしては残念だと思うよ？」

「……うん……わかった」

菊香としては不本意なのはよくわかったけれど、とはいえ彼女だって、ここで気まずいやりとりはしたくないだろう。

一応納得したというように頷いて、彼女は少し引きつった笑いを浮かべて見せた。

「良かった」

おじさんがほっとしたように微笑む。

菊香の気が変わる前に、明日すぐに見に行くことになった。

「今日はありがとう……これからも菊香を宜しくね」

帰り際、点滴スタンドを引っ張って、おじさんはわざわざ病棟の廊下まで、僕らを見送り、僕にそう言ってくれた。

「あ……はい」

だけど僕は、本心としては菊香の味方でありたいと思っている。

そんな風に感謝される事に、じわっと罪悪感がこみ上げてきて、僕はおじさんの目をまっすぐ見る事が出来なかった。

エレベーターのドアが閉まり、一階に向かって降りはじめるやいなや、菊香が「もう！」と声を上げた。

「なんで勝手にＯＫしちゃうかな……」

「ＯＫしたわけじゃなくて、譲歩しただけだよ。断ってしまうのも、おじさんが可哀相だったから」

「そうだけど……」

「見てみて、好きな絵が見つかるかもしれないじゃない？」

「それが困るんじゃない……」

菊香が眉間に皺を寄せて、本当に困ったように言ったので、欲しいと思うなら受け取れば良いのに、と少し思ってしまった。

遺品を受け取る事と、もしかしたら彼が父親かもしれない……という問題は、イコールなようでノットイコールなんじゃないだろうか？

「それで……どう思った？」

そんな事を考えていると、病院を出て、一緒にバス停に向かっている菊香が、不安げに聞いてきた。

「どうって……」

「カズおじさん、やっぱり私の本当のお父さんだと思う？」

「うーん……」

その質問への回答には、とても悩んだ。正直、『二人は親子です』と言われても、違和感がないくらい、しっくりきていたとは思う。

とはいえ、顔が似ているか？　とか、そういう部分があるかどうか？　と聞かれると、はっきりはわからない。

とりあえず並んで見ていて、面影がある……という程ではないとは思うけれど、でも絶対的に似ていないと断言できるほど、似ていなくもないと思う。

そう説明すると、どうやら菊香自身も、同じような気持ちでいたらしい。

「まあ……菊香は特に、お母さんにそっくりだしね」

「うん……ただ昔はね、この、似てない鼻はお父さんの方なのかなって思ってたんだけど、でも鏡を見ても、パパの鼻にそんなに似てる訳じゃなくて……それを考えたら、まだおじさんの方に似てるかもって思ったりしたの」

とはいえ、すごく似てるって訳でもないし、そもそも親子だからって、顔のパーツが福笑いみたいに、それぞれそっくり当てはめられるものでもないはずだ。

それに強いて言うなら、僕は昔から、死んだお祖父ちゃんに耳の形がそっくりだと言われてきた。

「人間の染色体は、祖父母の代からシャッフルされて受け継がれるんだから、両親と似ていない部分があるのは普通だよ」

「そっか……そうだよね……」

「だから、本当に知りたいなら、DNA鑑定しかないと思うけど……」

「うん。そうなんだけど……問題は、どうやっておじさんに知られないように、検体を採るかだよね」

「あ、それは確かに」

前にTVで見た事があるけれど、あの時は確かほっぺの内側の粘膜を、綿棒で拭い取っていた。

あとは唾液とか、血液とか……。

「うーん……言われてみると確かに、本人の協力なしに手に入れるのは難しいか」

「でしょ？」

そこから、僕達は少し黙った。

バス停でバスを待っていると、菊香と同じ学校の制服の女の子が、同じバス停に立ったからだ。

こんな話は、他人に聞かれたくないんだろう。

結局二人でバスに乗り込み、そして目当ての停留所で降りるまで、僕らはほとんど会話しなかった。

肆

翌日の夕方、僕らは駅前にあるおじさんの画廊へと向かった。

夕べも遅くまで、なかなか答えの見つからないメールをやりとりしたし、彼女はここに来るのを散々渋っていたのを知っている僕は、それでも放課後、彼女が待ち合わせの場所に来たことにほっとした。

ドタキャンされる事も考えていたからだ。

だけどきちんとここまで来たものの、菊香にはやっぱり不本意には違いなくて、いざ画廊の前に行くと、菊香はギリギリで躊躇（ちゅうちょ）してしまって、少しばかり中に入るのに難儀した。

でも菊香が何故こんなにも、彼の大切な物を受け取る事を渋っているのか、その理由を本人に説明できないかぎり、彼女の受け取り拒否は彼を傷つけてしまうのだ。

菊香はけして彼を傷つけたい訳ではなかった。

「じゃあ、見るだけね。見るだけ……」

と、まるで自分に言い聞かせるように、中に入った。

おじさんから話を聞いていた、従業員の浜崎さんというまだ若い男性は、僕らの来店を快く歓迎してくれた。

「どういった絵がお好きですか？」

そう浜崎さんに聞かれ、菊香は少し戸惑った。

「今まで、あまりそういうこと、具体的に考えたことがなくて……」

どんな画家の描いた、何が好きだとか、あまり意識しないでここまで来たという。

「なんかどの絵を見ても、綺麗だなとか、すごいなって思っちゃって……」

菊香の素直な返答に、浜崎さんは好意的だった。

「でしたら、選びがいがありますね。一枚ずつ確認していきましょうか」

今風のツーブロックを、オールバックになでつけた髪型はおしゃれだし、スーツ姿もすらっとカッコイイ浜崎さんが、親切にそう勧めてくれたので、菊香は頬を染め、照れくさそうに絵を見始めた。

絵だけではなく、彫刻などもいくつか取り扱うカズおじさんの画廊は、北海道出身の作家の作品を集めているらしい。

砂澤ビッキや本郷新といった、僕も知っている作家さんの作品が並んでいた。

でもやっぱり一番は絵なのだろう。

「オーナーのお父様が、旭川出身である画家の東藤龍生先生と交流があったので、龍生一門の作品数は、道内一です」

浜崎さんが自信ありげに微笑んだ。


『東藤龍生』


そういえば昨日おじさんも言っていた。どこかで聞いた事があると思いながら、改めてその名前を文字として視覚で捉(とら)えて、僕はやっと気がついた。

「あ……あの絵の、紫苑さんの友人の画家の……」

そうだ、あの絵だ。紫苑さんから貰(もら)った、母に似た人の絵。

その絵を描いた『清白(すずしろ)』という画家を調べた時に見たのが、まさにその『東藤龍生』だったはずだ。

「あ、あの、その東藤龍生のお弟子さんの一人、『清白』という画家の作品はありますか？」

菊香に龍生一門の絵を紹介しはじめた浜崎さんに、咄嗟(とっさ)にそう質問すると、彼はちょっと驚いたように瞬(まばた)きを返した。

「清白ですか……彼はなかなか不遇の作家で」

「不遇、ですか」

「はい。龍生の弟子から養子になったものの、気難しい龍生の介護に追われる生活だったようです」

東藤龍生は、六十歳の時に大病を患った後、半身に麻痺が残ったそうだ。

彼は裕福な兄の援助も受けていたけれど、その厭世的な性格故に、家に介護の人が立ち入るのを好まず、施設に入ることも拒んだ。

その頃には龍生の弟子達は、みな彼の許を離れ、傍にいたのは清白のみだったから、彼は師につきっきりで、絵を描く時の介助から、食事の世話、家事までも一切を担っていたのだという。

僕の祖父も元々気難しい人だった。それが更に歳を重ね、認知症が酷くなっていくにつれ、周囲への猜疑心を深め、より偏屈に、そして暴力的になった。

勿論龍生という画家が、そんな風だったかどうかはわからないけれど、一人で介護をしていたというなら、きっと大変な苦労だっただろう……。

「それに清白は人物画を好んだために、風景画中心に描いていた龍生からの評価は低かったんです。そんな事もあって、清白の絵は市場にほとんど出回っていないんです」

「じゃあ、こちらにも……？」

「そうですね、少なくとも今ここにはありません」

そんな僕らのやりとりを聞いていた菊香が、ふーん、と鼻を鳴らした。

「そう言われたら、どんな絵なのか見てみたいですね」

「ただ一部の話では、どうやら清白は意図的に、経年劣化しやすい画材を使っていると聞きます。同じ龍生の弟子なら、女性作家の阿菊の作品をオススメしますよ」

浜崎さんはそう言って、数枚の絵の中から一枚を取り出した。

「阿菊、ですか？」

「はい。龍生の弟子の中で最も評価され、将来有望ながら、彼女は夭折してしまったんです。だから彼女の作品もごく少ないのですが……」

そう言って菊香に差し出されたのは、あえかで神秘的な女性画だった。

顔を覆って嘆く——その一糸まとわぬ身体にまとわりつく髪と、白い背中に生えた青い蝶の羽根。

その羽根は螺鈿でキラキラと輝いていて、菊香はその画を見て、言葉を失い、魅入られているようだった。

確かに美しい絵だ。

でも見ていて不安になるような、僕には響かない絵だった。

だけど菊香は逆なのだろう。名前に自分と同じ『菊』の文字が使われていることにも、親近感を抱いたのかもしれない。

結局、その日、他にも沢山の絵を見せて貰ったけれど、明らかに菊香が心を動かされたのは、阿菊という女性画家の絵だけだった。

「龍生も病に倒れ、晩年は寂しいものでしたし、阿菊にせよ、清白にせよ、他にいた数人の弟子も、何故か病気や事故、そして自死で早くに亡くなっているんです。なので全体的に作品数が少ないのです」

龍生一門の画家の絵は、おそらく今後希少価値が上がっていくだろう。

中でも阿菊の絵を選ぶなら、きっとオーナーも納得すると浜崎さんに誉めそやされ、照れくさそうに頬を染めた菊香と、画廊を後にする頃にはもう夕方六時をとっくに過ぎていた。

菊香は大丈夫と言ったけれど、こんな世の中なので、僕は菊香を家まで送ることにした。本人には『過保護か』と笑われたけれど、なんと言われようと何かあるよりマシというものだ。

村雨姉弟にも、帰宅が遅くなると伝えると、望春さんも同じぐらいになりそうだから、帰り道に車で拾ってくれることになった。

これなら多少遅くなっても大丈夫。

僕らは少し歩きながら話す事にした。

「それで、どうするの？」

「……どうしよう、絵は綺麗だったけど……」

とはいえ、それでもあの絵を遺して貰う……という事には悩まずにいられない様子だ。

「おじさんは受け取ってあげた方が喜ぶと思うけど」

「うん……でもさ……」

そう言って、菊香は一度言葉を途切れさせた。

見るとスニーカーの紐(ひも)が解(ほど)けていたのだ。

「解けちゃった」

そう言って菊香が僕に向かって爪先(つまさき)を突き出してきたので、しゃがんで代わりに結んであげると、彼女はくすぐったそうに笑った。

「私ね、ちっちゃい頃から靴紐結ぶの下手っぴなの」

「結ばないタイプの靴紐にしたら？」

「そんなのあるの？」

「うん」

もしくは紐のない靴を履くか——なんて話しながら顔を上げると、菊香は泣きそうな顔をしていた。

「でもね、子供の頃からね、いつもパパがそんな風に靴紐を結んでくれたの、転んじゃうよ、危ないよって」

「確かに転んだら可哀相だ」

「……パパも優しいし、パパが私の事大好きなの、私ちゃんとわかってるの——もし絵を受け取ったら、パパは嫌だって思わないかな。私が不安に思ってるぐらいなんだから、パパだって心配にならないかな」

僕だったら絶対に泣いてしまうような状況なのに、菊香は泣くのは我慢するように、両手で一度顔を覆い、それで本当に涙を止めたようだった。

「勿論おじさんの自由にしてあげたい。だけど私やパパの人生はこれからも続いていくの。私はパパを不幸にしたくない」

受け取ってしまうと、父は苦しんだりしないか、自分の父を他人と認めるようなことにならないか。

けれど早く決めないと、カズおじさんの命の刻限が迫っている。

受け取るフリをして、おじさんに嘘をつくのも嫌だ。

「DNA鑑定ね、昨日あの後調べてみたけど、毛根のついた髪の毛十本でも、検査できるみたい」

「髪の毛か……」

それは確かに、唾液なんかよりはまだ現実味がある気がする。

「病室に落ちている髪の毛を拾うとか……でも、やっぱり唾液とかよりは鑑定に時間がかかるみたいだから、なんとか急いで集めてみようと思う」

泣いていたって始まらないから、と、彼女は強い意志の光が宿る目で言った。

彼女に悪気がないのはわかっていたけれど、いつも泣いてばかりの僕は、胸がチクッとした。

そうこうしているうちに、菊香の家に着いてしまった。

どこで待とうか望春さんに連絡しようとすると、先に彼女の方からメールが来ていた。

どうやら葬儀部の方でトラブル発生中なのか、彼女はまだ帰れなくなってしまったらしい。

それなら仕方ない。僕は自力で帰ることにした。

でも、正直丁度良かったかもしれない。

なんとなく、一人きりで考え事をしながら、少し歩きたい気分だったから。

可哀相な菊香を見ていて、ずっと胸の奥でくすぶる想いがある。

彼女に触発されるように、僕の中で『本当の両親は誰なのか？』『僕は父に必要とされていたのか？』という疑問が頭をもたげていた。

菊香のように、『自分は父に愛されている』と言える自信が欲しい。

そして母が、僕をどれだけ愛してくれていたのか、知りたい。

僕は本当に生まれて良かったのか。

旭川の伯父（おじ）さんは、僕を愛してくれていた。

母さんもだ。

彼らの愛情を疑おうとは思わない。

だけど、僕の本当の両親はどうだったんだろうか？

どこかで暮らしている父は、僕の事を思う事があるのだろうか。

……いや、本当はわかってる。

二人が僕を授かった事を、本当に喜んでいたのだとしたら、母は一人で僕を産み育てようとしなかっただろう。

ここに素敵な物語や、感動の再会なんて、多分存在していない。

僕はきっと、母が周囲に話せないような、秘するべき、恥ずべき命だったのだ。

日中は空は灰色で、空気は温く、良くも悪くもないような天気だった。

けれど日が沈んでも寒すぎず、暑すぎず、時々雲間から顔を出す月が綺麗で、その優しい光に、僕は無性に泣きたくなった。

伍

なんでもかんでも、紫苑さんに話せばすっきりするし、彼が採集した僕の涙を片付けはじめる頃には、僕の中に吹き荒れるどんな嵐も霧雨も、雨脚を弱めてしまう。

旭川に来てすぐの頃は、彼の言葉のお陰で先に進める気がしていた。

だけど今日は何故だか、彼に話したくないと思った。

理由は良くわからない。

だけど彼の巧みな囀りに聞き惚れて、上手く丸め込まれるのは目に見えている。

今夜はそれがどうしても嫌だったのだ。

いっそ紫苑さんのマンションに戻りたくない、なんて気持ちにさえ囚われてしまって、結局マンションまで少しだけ遠回りして帰った。

遠回りといっても、通り一本分だけど。

でもお腹も空いてきたし、あんまり遅くなりすぎると、ご飯を用意してくれている紫苑さんに悪い。レイの夜さんぽも遅くなってしまう。

そんな事を考えながら、何気なくマンションのエントランスで郵便受けを確認して——

——。


「すみません」


不意に声をかけられ、振り返る。

そこには見た事のない男性が立っていた。

「はい……？」

「村雨さんのご親族の方ですか？」

「え？」

そう僕に尋ねてきたのは、二十代後半くらいだろうか。サラッサラのキノコヘアーに、パリッと決めたスーツ姿……さっき画廊で対応してくれた浜崎さんに、服装の雰囲気は似ている。

だけど切れ長の目、尖った顎、口元に張り付いたような笑顔は、浜崎さんよりも整っている分、なんだか余計に冷たく感じた。

僕は反射的に、危機感を覚えた。

「……どなたですか？」

緊張でじわっと眼球が濡(ぬ)れるのを感じながら、僕はできるだけ平静を保って言った。

「これは大変失礼しました。八鍬(やくわ)と申します」

「はぁ……」

困惑を隠せない僕に、八鍬と名乗った男性は、名刺を渡してきた。

『えぞ新聞　社会部記者　八鍬　士(まもる)』

それを見て一瞬、心臓が止るかと思った。

「し……新聞、記者さん？」

「はい。村雨さんのご家族ですか？　少しお話をお伺いしたいのですが」

八鍬さんの丁寧な、けれどその有無を言わせぬ口調に、自分の心臓がバクバクと鳴り響くのが聞こえる。

「……親族でも、家族でもありません」

「そうなんですか？　おかしいですね。でも、今ポストを覗(のぞ)いていらっしゃいましたよね？　最上階は村雨さんしかお住まいではないはずですが――違いましたか？　それとも貴方は、他人の家のポストをそうやって覗かれるんですか？」

「あ……」

追い詰めるように、八鍬さんが言った。この人は、多分下手な言い逃れは通用しない人だ。焦りに、恐怖に、うなじの毛が逆立つ。

この人とは、慎重に話さないと、大変な事になる──紫苑さんが。

でもそこで僕ははっとした。

なんで？　どうして僕はまた、紫苑さんを庇おうとしているんだろう？　寿都で望春さんに嘘をついてしまったように。

僕は何故、あの『悪魔』を守ろうとしているんだ？

咄嗟に自問自答したけれど、答えはすぐには見つからない。でも……だからといって、やっぱり紫苑さんを八鍬さんに売り渡す気にはなれなかった。

「あの……でも、本当に血縁関係はないんです。ただ今は村雨さんの所に居候させて頂いているんです」

「居候、ですか？」

嘘を言えばばれるだろう。だから、話せる事だけ本当の事を話すんだ──僕は頭をフル回転させて、八鍬さんに答えた。

「はい。僕は今大学を休学中で……父親代わりだった伯父の葬儀でお世話になった、村雨さんのお姉さんが経営している葬儀社で、遺品整理士見習いとして、学ばせて頂いているところなんです」

「遺品整理士……」

「ええ。僕は伯父としばらく疎遠で……伯父はその間に、汚れた家で一人孤独に逝ったんです」

「………」

八鍬さんは細い目を少し見開いて、驚いたように僕を見た。

頭のいい人なら、これだけ言えば僕が傷心の中、遺品整理の仕事に向き合っている事を理解するだろう。

「それで、なんの用でしょうか？　確かに今は村雨さんのお宅に厄介になっていますが、まだ三ヶ月ほどです。僕が何かお話し出来るようなことはないと思いますが？」

勿論、何かあったとしても、言うつもりなんてない。冷静に切り抜けろ自分——そう思いながら、動揺を悟られないように呼吸を整え——とにかく泣かないように、僕は必死に耐えた。

「そうですか……実は、とある事件の事で、お話を伺いに来たんです」

「事件、ですか？」

それは、寿都で見つかったという遺体のことだろうか？

それとも——それとも、あの日、あの金色の雨が降った夏の日のことだろうか？

ごくん、と無意識に息をのんでしまった。

「数年前、旭丘（あさひがおか）の廃屋で、身元不明の白骨遺体が二体発見されました」

「……え？　旭丘？」

でも、八鍬さんが口にしたのは、そんなまったく聞き覚えのない事件の話だった。

「少しニュースになった筈（はず）ですが、ご存じありませんか？　心中をしようとした女子高校生が、先に死んでしまった友人の遺体を埋めていた事件がありました。その遺体を掘り起こしたところ、更に別の白骨遺体が、二体発見されたんです」

「あ……すみません、その頃は、旭川にいなかったので……」

聞いた事があるような気もするけれど、あまり覚えがない事件だ。

「えっと、じゃあ、その二体の遺体っていうのは？　その女子高校生達が……？」

「いえ。それがどうも違うんです。埋められた時期に違いがあり、また、遺体の頭蓋骨（ずがいこつ）の一部が取り去られていました。遺体の状況からして、医学的知識のある人間の犯行にしか思えないそうです」

「…………」

それで、その遺体がなんだって言うんだろう？　僕は緊張で、段々気分が悪くなってきた。

「遺体付近に遺留品はなく、衣服なども発見されなかったため、身元の判明に時間がかかっていました。ですが先日やっと、片方の遺体の身元が判明したんです」

「それで……それが村雨さんといったい何の関係が？」

僕の質問に、八鍬さんはゆっくり瞬き（まばた）を返した。

「ご遺体の身元は、九年前に行方不明者届の出された、失踪（しっそう）当時四十歳の『仲野貞男（なかのさだお）』という男性です」

ナカノサダオ——全然聞いた事のない名前だ。

「ご存じないようですね。確かに、話題にも上げたくはないのでしょう——でも彼は失踪前、村雨さんへのつきまとい等で、被害届が出されていました」

「え？　ストーカー？」

「はい。廃屋の庭で、白骨遺体で見つかった仲野貞男は、その姿を消す前、村雨望春さんのストーカーだったんです」

陸

マンションに戻り、僕はまず最初に熱いシャワーを浴び、ひっそりと忍び寄る恐怖を洗い流そうとした。

まだ居候歴も浅い、血縁者でもない僕に、話せること、知っていることはそう多くない。

八鍬さんもそれはすぐに理解してくれて、結局都合の悪い事は、何も聞かれなかった。

発見された遺体は絞殺されていた上に、特殊な器具を用いて、頭部の骨を取り去られるという、猟奇的な方法で損壊されていたそうだ。

被害者は、失踪前、望春さんのストーカー容疑で被害届が出されて警告を受けていた。

「勿論ストーカーの大部分は、警告の時点でつきまといをやめます。その先は警告ではすまなくなってしまうからです」

八鍬さんはそう言った。だから警告を受けた仲野貞男が、そのまま彼女の前から姿を消した――ということ自体は、そこまでおかしな話ではないそうだ。

「ですが失踪というのは……なんだか穏やかではないと思いませんか？」

そんな事を言われても、思い当たる事はないし、望春さんは万が一にでも他人を害するような事はない――それは本当だ。『望春さん』は。

僕は別に嘘はついていない。

でも、もしかしたら。

「…………」

紫苑さんがどこまでそういった、解剖のような事が出来るのかは、定かじゃない。

でも彼はいつも巧みな包丁さばきで魚を捌(さば)くし、手先が器用な事は間違いないと思う。

そして――多分、人体に詳しい。

　正直彼なら遺体を解剖して、頭蓋骨から骨を抜き去るくらいの事は、平気でやってのけられると思う。

　でも同時に、彼がわざわざそんな事をするだろうか？　とも思った。

　だって遺体は——骨は、涙を流さない。

「お帰り、青音」

　シャワーから上がると、紫苑さんが夕食の準備を始めていた。

「た……ただいま、です」

「遅かったね。診察はどうしようか？　食事が先の方が良いかな？」

「え？　あ……あ、きょ、今日は、なしでも大丈夫です。ちょっと疲れちゃったし、レイの散歩も行ってやらなきゃいけないし……」

「そう？」

　たとえ八鍬さんの事は欺けても、紫苑さんはそうはいかないのだろう。

　紫苑さんは僕の返事に、怪訝そうに眉を顰め、何か言いたげに僕を見た。

「あ……あの……でも、本当にすごい疲れちゃったんです。なんていうか、まず今日は一人でしっかり考えたいっていうか……」

「いったい何について？」

「その……僕の、本当の両親についてです」

「………」

紫苑さんの眉間に、一瞬だけ皺が寄った。

「あの……？」

「……そうか。確かに、時には一人で考えるのも大事だとは思う。それなら、診察は明日にしよう」

「はい。それで宜しくお願いします」

ほっと息を吐き出した所で、レイも「フォッ」と、口の中に空気を溜めるようにして一声吠えた。

「姉さんが帰ってきたみたいだね」

望春さんの帰りを告げるように、確かにレイは尻尾をぱたぱた振りながら、玄関に向かって待機している。

「ただいまああ！　んもおおつかれたああああ！」

それから少しだけ遅れて、望春さんが帰ってきた。

「じゃあ、夕食にしよう。姉さん、着替えだけ済ませちゃいなよ」

よっぽど疲れたのか、望春さんは床に鞄を放りだし、そのままソファにごろんと横になったので、紫苑さんは姉を労うように、その頭をくしゃっと軽く撫でてから、自分のエプロンの紐をきゅっと結び直した。

望春さんが帰ってきて、僕は心底ほっとした。紫苑さんと二人きりなのが不安だったからだ。

それに望春さんが部屋にいると、それだけで空気が優しくなる。まるで花が咲いたみたいに。

夕飯のメニューは、さっぱり鯖の大葉竜田揚げだった。

大好きな献立だったけど、食事はあまり喉を通らなかった。

食後、すっきりしない気分で食器を下洗いし、食洗機に入れていく作業をしながら、今日一日のことを考えた。

こういう単純な家事は、考え事に丁度良い。

普段なら、食事の前に紫苑さんの診察があるから、この時間にこんな風に思い悩むのは、随分久しぶりのように感じる。

でも……今日は本当に、情報量の多い一日だったのだ。一人で整理をしたかった。

「…………」

「たとえ誰が親だって、君は君だよ」

思わず溜息をつくと、そんな声がかけられた。

振り向くまでもなく、紫苑さんだった。

「それはまぁ……そうなんですけど」

「だったら無理に、悩む事なんてないと思うけど」

でも、本当にそうだろうか？　確かに僕は僕だ。だけどだからといって、両親が誰かという疑問までは消えない。それとこれとはまた別の事だと思う。

「純粋な疑問です。僕は誰の子供なのか、僕は両親に望まれた存在だったのか」

「そんな事を知らなくても、君は充分に愛されているよ。僕だって君をこの世に生み出してくれた、君の両親に感謝している」

「………」

そう言って貰える（もら）のは嬉し（うれ）い。

だけど、なんだか今夜は、紫苑さんの言葉に違和感を覚えた。

「どうして……なんで僕が両親の事を考えるのに、否定的なんですか？」

「否定している訳じゃないよ。ただ、答えの出ない問題を悩み続ける事を、僕は推奨していないだけだ」

それはわかる。わかるけど――。

「でも普段なら、紫苑さんは僕が答えを探すことを手伝ってくれますよね？　いつも貴方（あなた）は否定しない。かならず助言して、僕自身に答えを見つけさせてくれるのに、なんで両親の事は、そんな言い方なんですか？」

紫苑さんは、両親の事になると、途端に誤魔化すように、話をおわらせようとする。

「……紫苑さんは本当に、あの絵のモデルの事を知らないんですか？　清白さんは、紫苑さんの友人なんでしょう？　沢山の絵は遺（のこ）していない人だって聞きました。なのに二枚も、しかも自分の絵まで描いて貰っているんですから」

「………」

紫苑さんは、僕をじっと見た。見据えるように。普段よりも冷たい目で。

そして少し黙った後、諦めたように息を吐いた。

「僕は君に嘘はつかない。ただ例外もある。それはまだ、君がその事を知るべきではない時。君自身が答えにたどり着くのが早い時」

「……え？」

「僕はそれ以外、真実しか語らない。そして僕が話したくないと思ったことは、君がいくら要求したところで、僕は何も話さないよ」

「どういう事……ですか？」

「………」

だけど紫苑さんはそれ以上語らず、踵を返して自分の部屋に向かってしまった。

「紫苑さん！」

「お休み、青音。また明日ね」

紫苑さんはそれだけ言って、部屋を出て行った。

僕は戸惑った。そしてどっちにしろ、今は答えては貰えないんだと悟った。

紫苑さんは、なんだかんだいつでも僕の味方なんだって、最近はずっとそう思っていた。

僕の涙が美しい限り、僕が涙を流し続ける限り。

勿論涙のお陰なのだというのもわかっていた。

彼が僕に見せる姿が、本物の彼ではないであろうことも。

それでも、毎日一緒に過ごしている間、彼とは特別な——そう、他にも別の絆のようなものが芽生えている気がしていた。

だから僕は、望春さんに嘘をついた。

八鍬さんにも彼の事は話さなかった。

そうだ——僕は信じていたんだ。

だけど忘れちゃいけなかった。彼は悪魔なんだ。

どんなに優しくて、どんなに頼りになろうとも、彼は悪魔だ。騙されちゃいけなかった、信じたりなんてしちゃいけなかった。


——今すぐ、札幌に帰った方がいいんじゃないか？


そんな考えが、脳裏を過った。

だけどそんな事をしたら、少なくとも菊香を裏切る事になってしまう。

それに札幌に戻って、本当に僕はちゃんとやっていけるんだろうか？　大学に戻って、勉強し直せるのか？

今の生活を、そんな簡単に捨てて、後悔しないのか？

そんな葛藤（かっとう）を抱えたまま、その日はレイの散歩を手短に済ませ、すぐにベッドに横になった。

眠れないかもしれないと思ったけれど、今日は随分歩いたので、すぐに眠りに落ちてしまった。

そして夢を見た。

深い夢を見た。

あの、金色の雨が降る日の事を。

悪魔に出会った日の事を。

漆

その日は金色の雨が降っていた。

真夏の日暮前。

春光台（しゅんこうだい）の森の中。

小学生の僕は、一人。

天気雨なのか、空からキラキラ光が差し込み、細い雨は木漏れ日の中で煌（きら）めいている。

湿った森の空気は暖かく煙り、雨はまるで優しいシャワーのようだった。

幼い僕は、この突然迷い込んだ、美しくて不思議な世界に喜んだ。

普段はしない冒険に、心が躍り、高揚していた。

いつもなら不安な筈の一人が、聞こえる見知らぬ生き物の息づかいが、囀りが、それすらも嬉しくて堪らない。

なんにも知らない幼い僕は、足がどろどろになるのも構わずに、心赴くままに走り出した。

何度もぬかるみに膝を突いたけれど、それすらも楽しかったから。

先客に気がついたのは、それから数分した時だった。

最初は獣がいるのかと思った。

例えばヒグマだとか。

その時初めて、僕は自分が危険にさらされているかもしれないという事に気がついた。

僕が息を潜めると、鳥たちもシン……と静まっていた。

遊歩道から外れた、既に枯れた茶色い水芭蕉が咲く場所に、何かがいた。

いや、誰か、だ。

良かった、人だ——と、安堵したけれど、僕はすぐに異変に気がついた。

水辺に人が横たわり、その横で俯いて水の中に座り、何かを抱きしめる人がいた。

それはなんだか美しい光景で、僕は最初本当に、妖精が水浴びをしているのかと思った。

でも——違った。少しずつ近づいて、妖精が何を抱いているかわかったからだ。

「…………」

それは、血まみれの小さな赤ちゃんだった。

どすぐろいような、青紫色の肌をしていて、それは人形のようにぴくりとも動いていなかった。

何度も夢で見た、見慣れたおぞましい光景。

金色の雨の中で、枯れた水芭蕉がぐんにゃりと頭(こうべ)を垂れる水辺で、その悪魔は、血まみれの赤ちゃんを抱いている。

恐怖に全身が震える。

逃げなければと思うのに、身体が動かなかった。

勿論これが夢だからだ。

鮮明すぎる記憶を夢の中でなぞっているからだ。

あの時は逃げた。

でも今、僕は少しも動けずに、ただ悪魔を見ていた——紫苑さんを。

逃げなければ、逃げなければ、逃げなければ。

動かない身体に必死に願う。

だのに僕はその、死んでいる赤ちゃんから目が離せなかった。

その横で倒れている人も——多分、死んでいる。女の人だ。

紫苑さんが殺したんだ。紫苑さんが殺してしまったんだ。

女の人を、赤ちゃんを。

やっぱり彼は悪魔なんだ。

逃げなきゃ、逃げなきゃ、逃げなきゃいけないのに！　なんで足が動かないんだよ！

それでも諦めずにぐっと全身に力を込めた——その瞬間、誰かが僕の腕に触れた。

僕の腕に手を添えて、後ろから小さな僕を抱くように、紫苑さんが耳元で囁いた。

「あれは、君だよ、青音」

「ひっ」

そうして、見てご覧？　と彼が指を差す。

もう一人の自分が、水の中にそっと沈めようとしている赤ん坊を。

「ぐぶっ」

咄嗟に悲鳴を上げようとした——のに、声が出なかった。

はっとした瞬間、悲しげな表情の紫苑さんが——今よりも若い悪魔が、僕を見下ろしていた。

状況を理解する間もなく、彼が僕を水の中に沈めようとする。

息をしようとした僕の鼻に、口に、血と泥の臭い、そして冷たい水が、容赦なく入り込んでくる——けれど、それでもまだ僕の身体は動かない。

死んでしまう、殺される——いや、そうじゃない、もう死んでいるのだ、自分は。

そうだ、僕はもう殺されている。

動けないのは当たり前だ、この死んだ赤ん坊は僕なんだ。

目の前が暗闇に呑み込まれていく、消えてしまう。


——そう思った瞬間、目が覚めて、僕はガバッと飛び起きた。

「かはっ」

慌てて息を吸う——大丈夫、吸える。

深呼吸の度に身体に入ってくるのは、血でも泥水でも、雨水でもない——空気だ、酸素だ。

ああ、夢だった。

ほっとするというより、僕は脱力した。

悪夢で全身がびっしょりだった。時計を見るとまだ深夜一時過ぎで、ほとんど眠っていなかった。

「…………」

どさっとベッドにうつ伏せになって、ドッドッドッと激しく暴れる心臓が、乱れてしまった呼吸が、静まるのを少し待った。

勿論夢なのはわかっているのに、なんだか妙に自信がもてなくて、ベッドの上を手探りする——けれど、普段なら触れるゴワッとした毛や、濡れて冷たい——或いはカラカラに乾いた鼻先がない。

「レイ？」

ベッドの下に手をたらしても、そこに擦り寄せてくれる鼻先が見当たらなかった。

いつもなら、夜は僕と一緒なのに……。

本当になんだか怖くなって、僕はベッドから起き上がり、リビングに向かった。

ついでに水を飲もうと思ったのだ。リビングに行くと、どうやら寝付けなそうに、レイを撫でながら海外ドラマを見ている、望春さんの姿があった。

「ごめんね、煩かった？」

のっそり起きてきた僕を見て、望春さんが申し訳なさそうに言った。

「いいえ、ちょっと、夢見が悪くて」

「そうなの……大丈夫？　ビールって訳にはいかないし、ミルクでもあたためようか？」

お酒は二十歳になってから——だし、多分僕はあんまりお酒が好きじゃないと思う。

なんとなくだけど、そういうものを積極的にとらないような気がする。

だから僕に似合うのは、きっとミルクの方だ。この先も。

「自分でやります」

「ほんと？　じゃあ私の分もあっためて」

「え？　望春さんがホットミルク飲むんですか？」

「うん。私はホットカルーアミルクだけど、ふふ」

既に少し酔っている望春さんは、いつもより少しご機嫌で、そしてなんだか色っぽい
――というより、可愛らしい。

パジャマ姿で、ソファの背もたれに顎を乗せ、悪戯っぽく笑う彼女は、本当にチャーミングだ。

双子とはいえ男女。二卵性なのに、そうとは思えないほど、紫苑さんと望春さんはよく似ている。

すました表情はそっくりなのに、この無防備な笑顔を見ると、ああ――やっぱり二人は別人なんだって安心する。

ミルクパンに、二杯分牛乳を入れて温めていると、いそいそお酒の瓶と、マグカップを二つ、望春さんが用意しはじめた。

ふふふーん、と、鼻歌交じりに、彼女が自分のカップにお酒を注ぐ。可愛らしい柴犬柄のマグカップに。

そんな可愛い柴犬に、望春さんはためらいなくカルーアをどぼどぼ入れて、何か思い直したように、追加でラム酒を足していた。

マグカップの半量分のお酒だ。そして鼻歌も一見可愛いけれど、歌っているのはロッ

クだ。

「お酒多くないですか？」

「そ？　あ、そうだ、キャラメルクリームがあるよ、いつもの紅茶屋さんの！」

そう言ったかと思うと、彼女は躊躇いもなしに、クリーム状のキャラメルを、スプーンに大さじ一杯以上、こんもりとすくって溶かしてしまった。

「そーだ、ホイップ！　ホイップもいれよう。冷凍庫にあったはず」

うきうきと、冷凍庫に常備されたホイップクリームのパッケージを、彼女はハサミ等を使わず、歯で荒々しく開けて、マグカップに凍ったままの塊を、たぷんと放りこむ。

「あーあーあー」

勢い余って、マグカップから飛び跳ねたお酒が、床に飛び散った。

僕は慌てて、レイがそれを舐める前に、キッチンペーパーで拭き取る。

その横で、彼女は温めた牛乳を、マグカップになみなみと注いで、歩く度にぽたぽた滴を垂らしながら、ソファへと戻っていった。

まったく、これだから酔っ払いは！

「味、ごちゃごちゃになってません？」

「よくわかんないけど、すんごく甘い、おいしい」

でしょうね。まあ、美味しいなら良いですけどね。

全くもう、牛乳系を零すのは本当にやめて欲しい、なんて思いながら、僕は自分のマグカップにホットミルク——改め、ホットミルクキャラメルを注ぎ、ついでにワンちゃん用のミルクを、レイ専用のボウルに少しだけ注いで持っていった。

望春さんは、二人掛けソファにだらしなく横になって、レイを撫でながら海外ドラマを見ていたので、横の一人掛けソファに僕は腰を下ろした。

テレビの中では、幽霊や悪魔と戦うのを生業にした兄弟が、クリスマスのイルミネーション前で、狼男と戦っていた。

「このドラマ……面白いですか？」

「どうかな。シーズン14とかって、もう完全なる惰性じゃない？」

「でも見るんだ」

「惰性だからね——でも、世の中惰性ぐらいが丁度良いんだわ」

おかわりを要求するように、空いたボウルをくわえ、僕と望春さんの間を行ったり来たりするレイの頭を撫でて、望春さんが呟くように言った。

「本当に好きな事も、大嫌いな事も、どっちも続けていくのは苦しいから。だから、惰性ぐらいで続けていけるのが一番なのよ、きっと」

『撫でられたいわけじゃないです』、と望春さんの手をすり抜け、レイが僕の方に来てしまったので、望春さんはちょっぴり唇を尖らせる。

今日は本当に、仕事が忙しかったんだろう。望春さんは辛い時や苦しい時、不満を翌日に引きずりたくない時に、こうやってお酒を飲む人だ。

望春さんは立派な人だ。

遺品整理士として、僕は本当に彼女を尊敬している。

でも——でも彼女は元々、お医者さんを目指していたはずだ。だったら今、ミュゲでの仕事はどれなんだろう？

好きなのか、嫌いなのか、惰性なのか——。

「……望春さんは、お医者さんになりたかったんですよね？」

「そうね」

「なのに、どうして今の仕事に就いたんですか？」

「…………」

その質問に、望春さんは答えてくれなかった。

答える代わりに、彼女はリモコンを手にして、テレビを消してしまった。

「私……そろそろ眠くなってきたから、続きはまた今度ね」

「あ……はい……おやすみなさい」

「おやすみ。良い子でちゃんと寝るのよ」

レイはそう言って寝室に向かう望春さんと、ソファの僕を交互に見て、少し悩んだのち、結局僕の足下にごろりと横になった。

聞いてはいけないことを、聞いてしまった気がした。

「……僕らも寝ようか」

床で寝転がるレイにそう声をかけると、彼女は床の上でぐねぐねと身体をくねらせ、前足で手招きするようにして、僕に撫でるように要求した。

求められるまま、そのレイのお腹や首をごしごし撫でながら思った。もしこの家を出るとしたら、レイは実家に預けなきゃいけなくなるだろう。

ここで働くのを辞めたなら、大学に戻ることになるはずだ。ペットの飼える部屋を探し、札幌までレイを連れて行く事もできるだろうけれど、今みたいになんだかんだで、撫でて慈しんでくれる人が、何人もいる暮らしの方が、彼女は幸せなんじゃないか？

そもそも僕は本当に、大学に戻りたいのか？

どうして遺品整理の仕事をしているんだ？

これが僕の夢なのか？　それとも逃げ続けるための口実なのか？

「――ああ、もう」

惰性で上手に生きられないのは、僕自身が自分の気持ちを理解出来ていないからなんだろうか。

結局僕はこうやって、自分一人では答えが探せない。

あの悪魔を頼らなきゃ。

悪魔を頼る人間の末路は破滅しかないのに。

ここに来た時点で、いや、あの雨の中で紫苑さんに会った時から、もう僕の人生は破滅に向かっているのかもしれない。

そうして、僕の涙の雨が出尽くして、カラカラに干上がる頃、きっと僕も死ぬんだろう――あの、冷たい池の泥の中で。

捌

結局、寝てるんだかどうかわからない、意識の芯が起きたままの眠りの中で朝を迎えてしまった。

あくびをかみ殺してミュゲに向かう。

望春さんは昨日の仕事の残務処理に追われているし、今日は遺品整理の依頼も入っていない。

寝不足なのでありがたいとも思うけれど、逆に職場で寝ないようにするのは、なかなか辛い。

だから眠気覚ましも兼ねて、タイミングを見て佐怒賀さんに、菊香の事を相談した。

親子鑑定についてだ。相続のプロである佐怒賀さんは、時にそういう鑑定結果を基に、相続のお手伝いをしたりするからだ。

まずは菊香のことだけでも。

旭川を出て行くなら、出来るだけ片付けてしまわなければ。

「そもそも、勝手にDNA鑑定をしたりするのは、違法ではないんですよね？」

「そうね……状況によってはまあ、プライバシーの侵害などで訴える事ができない訳ではないけれど……でも今回のように、親子関係があるかもしれないと、本人が心配している状況なら、正当性はあると思うわ」

特に近年は、鑑定に必要な期間も、かかる料金も随分下がってきているため、鑑定に出すケースは増えているという。

「遺産相続において、血縁関係っていうのは、何よりも重視されているの。だからたとえ親が自分の子供として認知していなくても、鑑定によって親子関係が証明されたなら、その子は間違いなく法定相続人になるのよ」

そして法定相続人は、たとえ亡くなった本人が、その子には遺さないと望んでも、遺産の一定割合は、受け取る事が出来るように法律で定められている。

その分の遺産は、たとえ遺言状であっても、法定相続人からは奪えないのだ。

「今回、そのお嬢さんが本当に親子関係を証明されたなら、彼女は遺産のすべてを受け取る事になるわね」

「そ……そういうのは、望んでないと思うんですけど……」

そもそも彼女は、そこまで何かを大事にして、遺産を受け取りたいなんて思っていないはずだ。

「でも、親子関係を証明するって、本当に大きな事に発展してしまう事があるものなのよ。実の親子関係が機能しない状況で、既存の親子関係まで破壊されてしまう事だって珍しくないの」

　だから、覚悟をなしに行うことは勧めないと、佐怒賀さんは険しい顔で言った。

「……でも、本当に父親かもしれない相手を、他人のまま見送りたくないという、その優しい気持ちは理解できるわ」

「そうなんです、そこなんです……どちらかわからないままでも、父親のように見送ってあげたら良いって、そう僕は思わなくもないんですけど……」

「でも本人にしてみたら、そこは曖昧にしておきたくないんでしょうね……それもよくわかるわ」

　佐怒賀さんがふう、と溜息を一つ零した。

「だから本人には知られずに、内密に鑑定をしたいという事なのね」

「はい。だから、どんな結果でも、彼女は周囲に明かさないつもりなんだと思います」

「……そんな大変な問題を自分だけで抱えていくなんて、私はあまりに可哀相だと思うけれど。少なくとも、もうご両親を――この場合はお母様の事を、信用出来なくなってしまうんじゃないかしら」

「…………」

　それは確かにそうだと思った。

　話に夢中で、すっかり画面の暗くなったＰＣのディスプレイに、泣きそうな自分の表情が映っているのを見た。僕は菊香には、本当は少しも傷ついて欲しくないのだ。

「じゃあつまり……佐怒賀さん的には、親子鑑定はしない方がいいって事ですよね」

「そうね……だけど、それも全てひっくるめて本人の人生だから……よく考えた上で、としか言えないわ。鑑定しないまま見送ったとしても、どこかできっと答えが欲しくなるでしょうしね」

そこまで言うと、佐怒賀さんはデスクの引き出しから、数冊のバインダーを取り出して、中から一枚のパンフレットを抜いた。

「ここは価格も良心的で、結果も信用出来る会社よ。何より検体の種類が豊富なの——最も、検体の量、種類、そしてその状態が良いものかどうかで、結果も時間も金額も変わるわね」

「……本当だ、検体も色々あるんですね……うわっ」

中を覗いて、僕は検体リストの多さに驚き、危うくデスクの端に置いていたマグカップを落としそうになった。

「ええ。鼻水や血を拭いたティッシュや、あとは——そうね、使用したストローや歯ブラシとかも、状況によっては検体になりうるわね。他にも使用済みの下着や、切った爪、シェーバーに残ったヒゲからもDNAは採れる事がある」

成程、正直内緒で検体なんて無理だと思ったけれど、これだけあれば、何か集められる物はあるだろう。

「ありがとうございます。これ、早速彼女に送ってあげます——」

今すぐ菊香に知らせてあげたくて、僕はパンフレットを写真に撮って、送信しようとした。

だけどそんな僕を見て、佐怒賀さんは慌てて反対側のデスクから身を乗り出し、僕の手を制した。

「佐怒賀さん……」

「そもそも、隠されていることにはなんでも理由があるわ。人の繋がりは、なにもDNAだけじゃないと思う。結果が与える衝撃はとても大きいことを、きちんと忘れないで」

佐怒賀さんは、本気で菊香の事を心配してくれているみたいだ。

「あ……わかりました。じゃあ仕事が終わった後、直接彼女と話し合った上で、これを渡そうと思います」

「そうね、それがいいと思う」

佐怒賀さんがほっとしたように息を吐いた。

「あとは……そうね、もし親子関係がわかったなら、私に相談して。できる限り力になるから、彼女にとっての最善を探しましょう」

「わかりました」

その申し出は嬉しかった。勿論そうなったなら、正式に依頼をする形で、相談料なども発生してしまうだろうけれど、それでも頼りになる味方が増えるのは、菊香にとっても安心だろう。

「それで――その子は可愛いの？　良い子？」

「え？　ああ……そうですね、美人だし、ちょっと天然っぽい所もあるけど、優しくて、すごい良い子です」

「ほほう、それはよきかなよきかな」

佐怒賀さんはにっこりと笑って、僕の頭をよしよしと撫でた。

「でも、わかってるだろうけれど、その子が卒業するまでは待つのよ？　貴方もまだ若いけど、それでも高校生の間はダメ」

「へ？」

いや……何か……勘違いしてないか？

慌てて反論しようとした時、丁度愛さんと勇気さんが、依頼先から戻ってきた。

そうなるとわちゃわちゃと、オフィスは急に活気を増して、そのまますっかり眠気なんか吹き飛んだ。

そして思った。僕にとって、ここはいつまでもある場所じゃないんだ。

紫苑さんから逃げて、札幌に、大学に戻る――自分から選ぶ別れ。

僕が自分からここを離れるという事は、一度に、全部、全てと別れてしまうという事だ。

この時間――西日が強くて眩しいけれど、窓の外で遠く金色に輝く山々も、佐怒賀さんが気まぐれに淹れてくれる、普段自分ではあんまり飲まないような、少し変わったお茶も。

事務作業中や電話中、作業に集中すると出てしまう、愛さんのちょっと迷惑な貧乏揺すりも。

普段はムスッとしてるくせに、僕と目が合うと必ず微笑んでくれる勇気さんの、「どうした？」という低くて優しい問いかけも。

すれ違いざま、時にはきゅっと胸元を直され、時には指のOKマークで済まされる、社長の無言の服装チェックも。

大変だ大変だっていいながら昼夜も問わず、いつも遺族のことを一番に思い、時にはまるでなにかの贖罪のように自分を犠牲にしてまでも、故人と遺族の最後の時間を守る、小葉松さんの頼もしい背中だって。

旭川から離れたら、僕はそんな何もかも全部失ってしまうんだ。

それに。

「…………」

思わず僕の目から、ぶわっと溢れてしまった涙を見て、愛さんが「おおう」と声を上げた。

「なんだ、どうした？　また何か思い出した系なの？」

「あ……いえ……なんか……ここに来て良かったなっていう、改めての嬉し涙です」

「あらそ、そんなら好きなだけ泣いたらいいわ」

はっはっは、と愛さんが豪快に笑った。

「じゃあいいタイミングだし、お茶淹れましょうか。青君が脱水症状になっても困るし」

佐怒賀さんが、よいしょ、と席を立って、流し台に向かう。

「あ、そうだ、青音。来週あたりどっかキャンプ行かないか？　頼んでた一年待ちの焚き火台が、今週納品らしいんだ」

「ああ……あの、六角形の、組み立て式の奴ですか？」

「おうよ、さっそく火入れの儀しようぜ」

別に僕が泣いていることなんて、なんの気にもとめないように、勇気さんが嬉しそうに言った。

彼らが変わっているのか、葬儀屋さんという仕事柄故なのか、ミュゲの人達はすぐに泣いてしまう僕に、本当にまったく驚かない。

悲しんでいるときには寄り添ってくれるし、そうでもない涙はこんな風に、喜怒哀楽の一部だって、自然に受け入れてくれる。

ここでは、涙は悪いものでも、恥ずかしいものでもない。

僕がずっと、恥じて、恐れて、誰かと親しくなることを避けてきた、その理由が無意味になる場所だった。

こんな場所と人に、この先どれだけ巡り会えるだろうか。

疲労の浮いた顔で戻ってきた望春さんも加わって、いつものサポ部の楽しい空気に身を委ねながら、僕は思った。

自分で決断しなきゃ。菊香だって、自分の『今』と戦っている。

僕も過去に、紫苑さんに、ただ怯えているだけではダメなんだ。

玖

仕事の帰り、僕は少しだけ菊香と待ち合わせて、佐怒賀さんからの助言を彼女に伝えた。

それでも、菊香の意志は堅いようで、彼女はやっぱり親子鑑定をするつもりだと、僕に言った。

佐怒賀さんの話では、鑑定結果を遺産相続など法的な場で使用するなら、立会人の下で検体をとる必要があり、その分費用も高額になるという。

でも今回は個人的なもの、あくまで私的な鑑定になる。

その場合本来は安価になるけれど、今回はおそらく検体が不十分になるだろうから、鑑定にも高い技術が必要になり、費用も割高になるという。

期間も二週間くらいは覚悟した方が良いそうだ。

「だったら……少しでも早く、なんだね。でもこれだけ色々な物から検査できるってわかって、すごい助かった。服だとか、そういうものでもいいなんて思わなかったから」

菊香は覚悟を決めたように言った。

お金の方は、卒業旅行用に貯めているものを使えば良いと言っていた。菊香にとってはそれ以上に、カズおじさんの事が最優先だった。

「でも……本当に後悔しない？　取り返しのつかないことになるかもしれないよ」

駅前のフードコート。

カップのチョコミントアイスクリームを、ピンク色のプラスティックスプーンですくいあげ、大きめに一口含んで、菊香はこくんと頷いた。

「うん……もうずっと、ここのところずっと、ずーっと考えた」

きちんと考えて、その上でやっと覚悟が決まったと、菊香はミントブルーのアイスクリームに、スプーンを突き立てる。

「そりゃ確かにパパが、本当のパパじゃなくなるのは怖いけど、それでも私がパパの事が大好きな気持ちに変わりはないし。今まで愛してくれた分、ちゃんと一生返していくから」

「菊香……」

「カズおじさんが本当のパパだとして、それで誰かを憎みたいとか、責めたいとか、そういう事じゃないの。ただ大切な人が増えるだけ」

そうきっぱりと断言した菊香の目は、キラキラとして綺麗だった。

微かに涙が浮かんでいたと思うし、このきらびやかなフードコートの明かりのせいかもしれないが、けれどそれ以上に、彼女の強い心が見えたのだと思う。

その強さが、僕には眩しかったのだ。

どうしたら、そんな風に何かを、誰かを、自分を信じることが出来るんだろう。


数日以内に、一緒にまたおじさんの病室を訪ねる約束をして、その日は早めに菊香と別れ、僕はまた、一人歩き出した。

できるだけマンションに帰る時間を遅らせたかったからだ。出来れば望春さんより早くは帰りたくなかった。

いいや、紫苑さんの『診察』を受けたくなかったからだ。

寝不足なせいか、さっきからズキン、ズキンと頭が痛い。

それとも、なんだか気分が沈んでしまったせいだろうか。

自分と彼女を比べても仕方ない事は、僕だってわかっているはずなのに、僕は菊香を羨ましくさえ思っていた。

僕には、親子かどうか調べられる相手すらいないのだから。

もしかしたら、あの清白という画家が、何か知っているのかもしれないと思った。

紫苑さんは何も話してくれないから。

あの絵は母に似ている。

ほくろの位置まで同じだ。だけどただの汚れかもしれないし、写真ならともかく絵なのだから、似てるっていっても、モデルさんそっくりに描いているかはわからない。

たまたまその一枚が似ただけかもしれない。

せめてもう少し、その清白さんのことがわかればいいのに……。

「……あ、そうだ。望春さんはどうなんだろう？」

そういえばとふと思った。紫苑さんは確か一人では外に出られない。

だったら家で、清白さんと会っていたかもしれない。

弟の友人なのだから、望春さんだって彼と面識があってもおかしくない。

――でも、そもそも望春さんは、何を何処まで知っているんだろう。

寿都で死体が見つかった時、望春さんは明らかに紫苑さんを疑っていた。

紫苑さんが普通じゃないこと、それが人の生き死にに関係するかもしれない事を、望春さんは把握はしているはずだ。

でもその話をしたら、望春さんと僕の関係も、紫苑さんとの関係も、全部壊れてしまう気がして聞けなかった。

だってあの家が、ずっと居心地良かったから。

二人との生活を失いたくはなかったから。

僕はどうしたら良いんだろう。

どっちみち、この生活には期限がある。

色々な事から目隠しをして、何も知らないフリをして、楽しい思いだけしていたらいいんだろうか？

僕自身が危険かもしれないけれど——次に沈められるのが僕かもしれなくても、この町を出た僕が、そもそも元気でいられる保証なんかないじゃないか。

どうせ大学に戻れば、また息が出来なくなる。

僕は菊香みたいに強くなんかなれない。

どうせ誰にも必要となんてされてない。

どうせ——。

「危ない！」

卑屈な気持ちに支配されたその時、急に誰かに強く腕を摑まれ、引き戻された。

「ひっ……」

あの時のことを思い出した。

紫苑さんが、あの雨の中、僕の腕を摑んだ日を。

「きちんと、前を見て！　何をしてるんです！　酔ってるんですか⁉」

「え……？」

でも、そう僕を怒鳴りつけたのは、紫苑さんではなかった。あの、えぞ新聞の八鍬さんだった。

　気がつけば僕は、赤信号の歩道の前に立っていた。どうやらすっかり考え事に夢中で、危うく車の行き交う道路に飛び出しかけたらしい。

「……僕をつけてたんですか？」

「今はたまたまですよ」

　八鍬さんは、少しムッとしたように言った。

「今は？」

「必要がある時はそうします。でも今は本当に偶然です。貴方が随分フラフラと歩いているから、心配になって追いかけてきたんじゃないですか！」


　──追いかけてきた。


　その時、僕の頭の中を、ざらりとした違和感が這い回った。

「…………」

「どうしたんですか？」

　呆然と立ち尽くす僕に、八鍬さんが心配そうに聞いた。

「痛かったですか？　それはすみません。でも、止めなかったらもっと──」

「違います……そうじゃない。僕は逃げたんです」

「え？」

「僕は……逃げたんだ、あの時、あの時はすぐに……」

「はい？」

「逃げたのに……最初から距離もあったのに……なのに、彼は僕の腕をすぐに掴んだ」

ざわりと全身が、総毛立った。

そうだ、なんで気がつかなかったんだろう。何度も夢に見たはずだ、あの日の事は。

急に足から力が抜けるように、目眩（めまい）がした。

目の前が暗くなるように、意識が遠のきかける。

危うく転倒しそうになった僕を、八鍬さんが再び支えてくれた。

「大丈夫ですか⁉」

「……あ、ご……ごめんなさい、ちょっと、目眩が」

「体調が優れないなら病院に行きますか？」

「だ、大丈夫です、すみません……ちょっと寝不足で、そのせいできっと立ちくらみを」

嘘は言ってないし、多分実際にそれも原因の一つではあるだろう。

記者の八鍬さんは、僕の答えに半信半疑のようで、眉間（みけん）に深い皺（しわ）を寄せた。

「顔色があまり良くないと思います。無理はしない方が良いです」

「本当に大丈夫です……すぐ落ち着きますから」

「そうですか……だったらひとまずそこのカフェに入りましょう。歩けますか？」

「すみません……」

本当は一人になりたいと思ったし、今すぐ僕をほっぽって彼にはどこかに行って欲しかったけれど、彼から見て僕はよっぽど放っておけない姿なんだろう。

彼に半ば抱えられるようにして、すぐ近くのカフェに向かった。

確かに僕も、彼に聞きたいことがある。


カフェというのは、来店者が居心地良く、ほっとできるように作られているだけあって、席に腰を下ろすと、確かに心も、身体も、少し落ち着いた。

「何にしますか？」

「あ、じゃあ……記者さんと同じもので」

八鍬さんが、メニューを手渡してくれようとしたので、見るのも億劫でそう答えた。

間接照明で少し薄暗い店内と、深く腰掛けられるソファ席と、ボサノバのウィスパーボイス。

目を伏せて、まず落ち着けるように深呼吸を繰り返していると、程なくしてマグカップが二つ運ばれてきた。

並べられたカップの中身は、白く、そして表面が細かく泡立てられている。けれどどうやら香りからしてカフェオレでも、紅茶でもなさそうだ。

「……ホットミルクですか」

「嫌いですか？」

「いえ……記者さんはなんとなく紅茶って感じがしていました」

「紅茶も嫌いなわけじゃないですが、普段、あまりカフェインを取り過ぎないようにしているんです」

「へえ……」

だけど、そうか……よりによってホットミルクか。

僕は夕べの、あの望春さんとの時間を思い出した。

そして、思い出して無性に泣きたくなった。

「落ち着いたみたいですね。顔色も悪くない」

それでも八鍬さんは僕を見てそう言った。

でもさっきよりも落ち着いたことは確かだ。

「本当にすみません……お恥ずかしい」

「恥ずかしく思う事なんかないですよ。眠れない夜は、誰にだってあります」

「……そうですか」

本当に気にしていないというそぶりで、八鍬さんがホットミルクを一口飲んだ。

僕もそれに倣う。

夕べのホットミルクは、キャラメルがほろ苦くて甘かったけれど、今日は生クリームも入っているのか、こっくりと濃厚で、バニラ風味で甘く、細かいミルクの泡で覆われていた。

今日のホットミルクなら、望春さんはどう思っただろう――夕べの無邪気な笑顔を思い出して、胸が締め付けられた。

「記者さんは……望春さんの事を調べているんですか？」

「ええ。調べていましたけれど、思ったようには何も見つからないですね」

「そうですか……」

でも僕は、はなっから紫苑さんの事ばかり考えていた。

その理由はシンプルで、紫苑さんが邪悪な人という以前に、望春さんはそんな悪い事をする人には思えないからだ。

「でも本当の事を言うと……僕も彼女の事は、よく知らないんです」

温かい湯気と共に、僕はそう八鍬さんに打ち明けた。

「仕事の時は優しくて厳しくて綺麗ですが、家だとお酒が好きで、お肉が好きで、動物の人形を集めていて……可愛らしい人です」

思慮深くて、自分に厳しくて……とにかく優しい人だ。彼女が事件に関わるなんて、全く信じられないほどに。

「そうですね……実際社内や顧客の評判も良いようですね。誰に聞いても、彼女の悪い評判は聞きません。しいていうなら少し……なんというか、運の悪い所があるといった所でしょうか」

「えぇ。受験の前日に急病で入院したり、幼い頃から何かと運の良くない子で……と話してくれる人が数人いました」

そう言われてみたら、仕事の休憩時間に、望春さんと二人で食事に行く時、彼女が食べたい！　というものに限って、お店が臨時休業だったり、品切れだったりっていうのは、意外と珍しくないかもしれない。

「でもその極めつきは、やはり厄介な隣人の存在じゃないでしょうかね」

「隣人……の話は、聞いた事がないです」

特に今はマンションの最上階で、あのフロアに住んでいるのは村雨姉弟だけなのだ。

その前は、多分伯父さんの家の近くのアパートに住んでいたはず。

「じゃあもしかして、その厄介な隣人がストーカーに？」

「知りたいですか？」

「……聞かせていただけたら、もし僕の方も何かわかった時には、記者さんにお話し出来るかもしれません」

「そうですか。つまり交換条件ですね？」

「そういうことじゃないです。ただ本当に何も知らなくて。せめて何かの判断材料ぐらい欲しいっていいますか……」

「なるほど」

少なくとも、望春さんのストーカーの話は、二人どちらに聞いても、教えてくれないんじゃないだろうか。そんな気がする。

「せめてそのストーカーの件だけでも教えて頂けたら、僕も何か動きようがあるというか、周りの人達からも話が聞きやすいと思うんです」

この八鍬という記者さんを、全面的に信用しているわけではないけれど。

八鍬さんの話を要約するとこうだ。

望春さんがまだ大学に通っていた頃、隣人——正確には、彼らは二軒先の家に越してきた。

長い間、身体の不自由なおばあさんが一人で暮らしていたお宅で、いよいよおばあさんが病院に入院してしまった後、親戚だという一家が、転がり込むようにやってきたのだった。

3DKの平屋に、夫婦と子供六人の八人家族。母親のお腹には、七人目がいるらしい。町内会に入るのを拒否し、近所づきあいも好まない一家は、周囲の好奇の目にさらされつつも、それなりに暮らしていたそうだ。

中でも父親は、あまり近所から歓迎されない類いの暮らしぶりだったようで、結局の所、みな『あの一家には関わらない方がいい』と距離を置いていたらしい。

そんな一家と、望春さんが何をきっかけに繋がってしまったのかはわからない。

けれど初めは母親が、そしてやがて父親が、望春さんにつきまといをはじめたらしかった。

時々家を訪ねてくるだけだった夫婦は、そのうち駅で彼女を待ち構えたり、望春さんの帰宅を見計らって、毎日のように家に押しかけたりするようになった。

さすがに度が過ぎていると、望春さんは警察に相談し、夫婦は望春さんに近づくのを禁じられた。

そして望春さんも引っ越しをし、気がつくと、夫婦は家に子供達を残したまま失踪してしまっていたそうだ。

旭丘の廃屋で発見された白骨遺体は、DNA鑑定等の結果、その父親という事がわかった。

もう一つの骨はおそらく女性、骨に残った出産の痕や、推定年齢からいって、母親の方なのではないか？　と言われている。

ストーカーと聞くと、恐ろしいイメージがあるけれど、無自覚なつきまとい行為はそんなに珍しい事ではないそうだ。

でもその多くは、警察からの注意を受けた時点で行動を改める。何故なら次は注意、警告では済まず、逮捕になってしまうから。

とはいえ、手口をより巧妙化させて、それでもつきまとい続ける人間もいるのだと、八鍬さんは苦々しい表情で言った。

夫婦の執着が、一度の警告で本当に改善されたかはわからない。

警告を受けて、つきまといの対象を、望春さんから別の人に変えた可能性もある。

とはいえ、夫婦は本当に突然いなくなったのだそうだ。

元々、父親は毎日家に帰ってくる男ではなかったし、小学五年生になる長女に子供達を任せ、夫婦が二～三日戻ってこないのは、珍しい事でもなかったという。

だから正確に、いつ夫婦が失踪したのかははっきりしないそうだ。

下の子達の世話が忙しく、彼女が二ヶ月以上登校していなかったこと、夫婦に連絡が全くつかないことを危惧した、小学校側の訪問がきっかけで、夫婦が三ヶ月近く家に戻ってきていないことが発覚したのだった。

一応行方不明者届も出されたが、元々、夫婦にはネグレクトの兆候があった。

多方に借金もあったため、その失踪を訝しむ人はいなかったようだ。

幸い子供達は無事だった。

だけど小学五年生であれば、確かにある程度はしっかりしていて、家事や下の子の世話の手伝いができる子もいるだろうけれど、それを一人で担うなんて……。

子供達は保護され、それぞれ施設に移されて今に至るそうだ。

衣食住の心配が消えたとはいえ、姉弟引き離されてしまったのかと思うと、素直に良かったとは言えない。

ざらっとした不快感を、ホットミルクと一緒に嚥下する。でも、ここまで聞いても、ストーカー夫妻の死に、望春さんが関わっているように、僕はなかなか思えなかった。

でも八鍬さんが望春さんを疑っていることには、もう少し踏み込んだ理由があった。

ストーカー夫妻が家に帰らなくなってすぐの頃、一度だけ、ポストに十万円の現金が入っていたそうだ。

子供達はそのお陰で生活に酷く困窮する事はなかった。

警察は、両親が置いていったお金だと判断したそうだけれど、八鍬さんはそうでない可能性を考えていた。

確かに……十万円という纏まった額を、子供に残して行くのは不安だと思うし、その額を残していけるなら、家に置き去りにする以外の方法だって考えられるんじゃないだろうか？

勿論、だからといってそのお金が、望春さんが用意した物かどうかはわからない。

ただ二人を殺害した——或いは拉致した犯人が、事件発覚までの時間を稼ぐために用意したのではないだろうか？

一家と関わり合いになりたくないものの、子供達だけで暮らしていることに気がついた誰かが、ひっそりと支援したのかもしれないけれど、それにしては纏まった額だ。

もしかしたら、望春さんはどうしても、子供達の事を見過ごせなかったのかもしれない。

八鍬さんの話では、望春さんが志していたのは産科医らしい。

だからこそ、子供を犠牲にはできなかったのかもしれない——と、それを聞いて、僕は段々気分が悪くなってきた。

僕は一体何を信じたら良いんだろうか——。


「村雨さんは、弟さんも中学生の頃まで自宅に引きこもっていたといいますし、ご両親も事故で一度に亡くなっています。何かと複雑な環境で育った事は想像に難くないです。そしてなにより遺体から骨を取り除いたのは、医学の知識がある人物だ」

すっかり冷えて、泡がマグカップのへりにこびりついているのを見下ろしながら、僕は八鍬さんの話をじっと聞いていた。

「勿論生活環境の不遇さや苦労が、すなわち後の犯罪に繫がるなんて、安易なことは言いません。彼女が事件に関わっているという、具体的な証拠もありません。ただ——この事件の糸を辿っていくうちに、彼女がふっと現われた。だから調べているんです」

「どうしてそんなに彼女を犯人にしたいんですか？」

「どうして犯人かもしれない人を見過ごす事が出来るんですか？」

「…………」

僕の口から、思わずトゲのある声が出てしまった。

けれどそっくり返されて、僕は言い返すことが出来なかった。

「彼女に遺品整理を頼んだお陰で、今の自分があるのだと——そう言っていた方からも話を伺いました。彼女の評判は、本当にどこで聞いても良かった。それが邪悪な真実を隠すため、彼女が纏っている嘘でないといいんですが」

「少なくとも、望春さんは僕にも本当に優しいですよ。あれが嘘だなんて、思いたくはないですが……」

だけど言いたいことはわかった。だって紫苑さんもだ。彼はミュゲでもとても信頼されているカウンセラーだから。

「何はともあれ、何かわかったらご連絡ください。あと、夜はちゃんと寝てください」

そこまで言うと、八鍬さんは話を切り上げ、結局僕をマンションの近くまで送り届けてくれた。

不思議だった。

一週間前は、マンションの玄関をくぐる度、いつも安堵した。

でも今のあの穏やかな生活は、様々な過去を通り過ぎて存在するのだ。

大好きも大嫌いも辛い。惰性が一番大事だと言った望春さんを思い出しながら、僕はエレベーターで最上階のボタンを押す。

一階、二階と上がっていく間に、今夜はどうしようかと悩んだ。

荷物をまとめて、勇気さんの所に飛び込む事も出来るかもしれないし、伯父さんの家に行くことも出来たけど——でもそれは、答えの先延ばしにしかならないだろう。

とはいえ、やっぱりまずは今夜だった。

結局僕は頭痛がするといって、診察も夕食も断って、レイだけ連れて部屋に引きこもることにした。

四本足の親友だけは、きっと僕を裏切らないから。

二人には「きっと風邪の引き始めだ」と伝えた。休めばすぐによくなるって。だのに二人は僕を、びっくりするくらい心配するそぶりを見せた。

紫苑さんはわざわざおじやを作ってくれて、望春さんは風邪薬だけでなく、ポカリとエゾエース（栄養ドリンク）まで買ってきてくれた。

紫苑さんにとっては涙が、望春さんにとっては伯父さん夫婦との繋がりがきっかけで、僕はこの家で暮らさせて貰（もら）えることになった。

でもそれだけの理由で、二人はどうしてこんなに僕によくしてくれるんだろうか。冷静に考えてみたら、やっぱり変だ。

まるでアステカの生贄（いけにえ）になった気分だ――テスカトリポカの生贄は一年間大切にもてなされて、やがて神様に心臓を捧（ささ）げさせられたという。

僕もそうなんだろうか？

一年後――或（あ）るいは二年後？　それとももっと早く、冬が来る前に？

ああ――少なくとも望春さんは、本当に『お姉さん』のように感じていたのに。

望春さんと紫苑さんは、似ているようで全然違うと思っていた。

双子だからって、なんでもそっくりそのままじゃない。

二人はまるで陰と陽で、だから紫苑さんが悪魔なのだから、望春さんは天使のような人なのだと思っていた。

でも、そんなのは僕の勝手な思い込みだ。

もしかしたら、全て八鍬さんに話せば良かったかもしれない。

あの日僕が見たものの事を。

多分あれが、彼の探している答えの一部だ。


金の雨が降る中、僕は春光台で紫苑さんに会った。

最初彼は、枯れた水芭蕉（みずばしょう）の咲くところ、池の中で血まみれの赤ん坊を抱いていた。

青黒く、泣きも、動きもしない赤ん坊は、きっと間違いなく死んでいただろう。

その横に、同じように動かない女性が倒れていた。

僕はそれを見て、慌てて逃げ出した。

その距離はどのくらいだっただろう……でも十メートルは離れていたように思う。もしかしたらもっと。

それを見つけて、僕が逃げ出した瞬間は、紫苑さんに知られていなかったはずだ。

彼はこちらを見ていなかった。

　でも僕が背を向けた瞬間、彼は僕の腕を摑(つか)んでいた。

　だからこそ僕は、彼を本当に『悪魔』だと思ったのだ。あれは本当に一瞬のようなできごとだったから。

　でも彼は悪魔のような人ではあっても、実際に『悪魔』なんて非科学的な存在じゃないはずだ。この世界が僕の思う形であるならば。

　あの時、僕の腕を摑んで引き留めたのは、あれは間違いなく紫苑さんだった。

　だとしたら、答えは一つしかない。

　紫苑さんは最初から、きっと僕の傍にいたんだ。彼に瞬間移動が出来ないのだとしたら。

　そしてあの水辺で、死んだ赤ん坊を抱く美しい妖精(ようせい)のような人。

　あれは紫苑さんじゃなかったんだ。

　悪魔によく似た顔をもつ、血まみれの手をした人。

　あの日、金色の雨が降る中で、血まみれの赤ん坊を抱いていたのは――そうだ、あれは望春さんだったんだ。

拾

　夜は眠れない気がしたけれど、昨日もよく眠れなかったせいで、そしてレイがずっと寄り添ってくれていたせいか、気がついたら眠りに落ちていた。

寝過ぎたぐらい、ぐっすり眠って目覚めたのは午前四時過ぎ。

朝日は昇っているけれど、街はまだ眠っている。

伯父さんのアウトドアグッズの中の、折りたたみのスコップをバックパックに入れ、僕はそっと部屋を出た。

「ウォフ！」

こんな朝早いのに、てっきり散歩と勘違いしたのか、一人でマンションを出ようとした僕に、レイが怒ったように吠（ほ）えた。

静かにして！　と、口元に指をやったけれど、わかって欲しいときにピンポイントで理解してくれないのがわんこなのだろうか。

レイはチャカチャカと騒々しく足踏みし、ハッハッハッと息を吐き、置いていく僕を批難するようにグウグウと唸（うな）る。

「……青音？」

案の定、物音を聞きつけた望春さんが、寝間着姿で現われた。

「こんな時間にどこに行くの？」

「ちょ……ちょっと、レイの散歩に」

「まだ五時にもなってないのに？　しかも貴方（あなた）、昨日風邪で寝込んでいたでしょう？」

「あの、もう良くなったんで、だから……」

「…………」

我ながら苦しいいいわけだと思った。

当然望春さんは信じていないような、険しい表情で、僕をじっと見下ろしていた。

「あの……」

「……もしかして、私の事で誰かが貴方にも訪ねてきたの？」

「え？」

「私の……昔の事で」

望春さんの額に、深い皺が刻まれていた。

それは怒っているようだったし、同時に悲しんでいるようにも見えて、僕は戸惑った。

「青音？」

「あの……」

望春さんが、僕を急かすように呼ぶ。

ダメだ。これ以上……誤魔化せるとは思えない。

「確かに、貴方の話を聞きたいと言って、えぞ新聞の記者さんが訪ねてきました」

「……記者？　警察ではなくて？」

「え？　あ……はい。少し前に発見された白骨遺体が、以前望春さんのストーカーをしていた人だと、そう聞きました」

「それだけ？」

「それだけ……じゃないです——でもそれより、僕も望春さんに聞きたいことがあるんです」

誤魔化すことが出来ないなら、僕はもう、覚悟を決めるしかなかった。

「幼い頃、僕が旭川を遠ざけるようになったのは、伯父さんと義両親達の関係の事だけじゃなかった。僕は……僕は小学生になったばかりのあの日、あそこで……春光台のあの森の中で、雨の中……見てはいけないものを見てしまったからでした」

「…………」

望春さんが大きく目を見開いて、僕を見た。

ごくんと、彼女が緊張に喉を鳴らすのが聞こえる。

途端に、僕の目から、涙がこみ上げた。

「やっぱり……貴方だったんだ」

「あれは、違うわ、私は……」

伝わってくる明らかな動揺に、僕の心が裂けた。

「ずっと、紫苑さんだと思ってた。いや、確かにあの時、僕を追いかけてきたのは紫苑さんだった。でも血まみれの赤ん坊を抱いていたのは、貴方だった。まさか……あなたが殺したんですか？　あれは、ストーカーの人ですか⁉」

だけど紫苑さんにまで聞かれてはいけない。僕は叫びたくなる気持ちを必死で抑える。

望春さんは、自分のパジャマの喉元を、ぎゅっと両手で握りしめ、そして泣きそうな顔で首を横に振った。

「ええ、そうね……そうよ。でも、貴方は勘違いをしているわ、何もわかっていないのよ」

「人が死ぬことに、あんな小さな赤ちゃんを殺すことに、勘違いも何もないと思いますけど」

「いいえ、何もわかっていない」

そう言って、望春さんはもう一度首を横に振った。そして冷静さを取り戻すように、深呼吸をひとつした。

「でも——だったらどうするつもりなの？」

「あそこで人が亡くなった事は、調べたけれどニュースになっていなかった」

「そうでしょうね……まさか、あそこに行くの？」

「…………」

「廃屋の遺体のように掘り返すつもり？　でもあそこに赤ちゃんなんて埋まってないわ」

「そんなの、掘ってみなきゃわからない。貴方の言う事は信じられない」

見透かすように僕を睨む眼差し——それは、紫苑さんの目にうり二つだ。なんで気づかなかったんだろう？　二人はこんなにも似ていたのに。

「……じゃあいいわ、行きましょう。それで貴方が納得するなら」

やがて望春さんはそう言うと、短く息を吐き、「着替えてくるわ」と言った。

「え？」

「この時間よ。タクシーなんて捕まらないでしょ？　私と二人きりが心配なら、レイを連れて行けばいいわ」

レイがそんなに頼りになるだろうか？　と思ったけれど、確かに彼女は猟犬だ。ヒグマと戦う犬なのだ。

それに行き先はバレてしまっているのだから、タクシーで先回りした所で、すぐに望春さんに捕まってしまうだろう。

ややあって、ジーンズにパーカーという、ラフな姿で望春さんが戻ってきた。

化粧をしていないし、ユニセックスな服装だからか、望春さんは余計に紫苑さんに似ている気がした。

彼女は何も言わず、レイにリードを付ける。散歩と勘違いしているレイだけが嬉しそうだ。

レイの白い背中を見ながら、僕は望春さんの車に乗り込んだ。

まだ眠っている街を車で走るのは大好きだ。

子供の頃はいつもワクワクしたし、大きくなった今でも、見慣れた場所の違う表情に気分が高揚する。

でも今は、緊張でじわじわと涙が止らない。

そんな僕の憂鬱(ゆううつ)を映すように、やがて空も陰りはじめ、ポツポツと雨粒がフロントガラスに落ちてきた。

音楽は流れていなかった。

車内は規則正しいワイパーの音と雨音だけが響いている。

「あの日も雨が降っていたわね」

ぽつんと望春さんが言った。

「そうですね……天気雨で……森の中がキラキラ金色に輝いて、すごい綺麗(きれい)だった」

「そうだったんだ……私は、木陰にいたから、薄暗くて、灰色だったわ」

でもそれは、貴方が自分でやっていた事のせいじゃないかって思った。

だけど同時に、その瞬間がキラキラ煌(きら)めいているような人じゃなくて、良かったとも思った。

それを喜ぶ人じゃなくて。

……いや、今更僕は、いったい何を期待しているんだろう、彼女に。

駐車場からは、少し歩かなきゃいけない。

望春さんは後部座席にあったビニール傘を、自分と、そして僕に手渡してくれた。

レイに合羽(カッパ)を持ってくるんだった……と思ったけれど、彼女はあまり濡(ぬ)れる事を気にせずに、最初こそ耳を時折軽くパタパタさせ、ぶるぶるっと頭から尻尾まで、水滴を吹き飛ばしたりしていたけれど、歩き出してしばらくしたら、もう慣れたのか、そのまま気にせず歩き始めた。

レイと望春さんと、僕と、三人でまるで雨の中の散歩だ。

これがただの散歩のまま終われば良いと、僕は歩きながらぼんやりと思った。

だけど木々が深くなるにつれ、僕の中の思い出が蘇って、僕は手が震えだした。

雨はサラサラと降る。

森は静かで、雨音の中に小鳥の囀る声がする。

この遠く響く、悲しげな声はヒヨドリ。

ピヨピヨピーピヨピヨピヨ……これは確か……そうだ、センダイムシクイだ。

そしてこの複雑な囀りはアオジ、ツツピーッはシジュウカラ。

ただ綺麗だと聞き流すだけの小鳥の声も、一つ一つ名前を覚えれば、途端に聞くのが楽しくなる——昔、伯父さんが教えてくれた。

この一羽一羽が、生きているひとつひとつの命なのだ。

歩きながら、僕は少し後を俯き加減で歩く望春さんを見た。

小鳥の言葉はわからない。僕は人間の言葉しか。

だけど本当は、人間の言葉だってちゃんと聞こえていなかった。

望春さんの事を、少しずつ知ったつもりで、でも本当は何にもわかっていなかった。

僕は毎日何を見ていたんだろうか……。

足下はぬかるんでいる。

足を取られて転ばないように気を付けながら、僕は辺りを見回した。

久しぶりの春光台だ。

あの頃より木々は生長しているはずなのに、記憶の中よりも覆い被さってくるような、圧迫感というか、雄大さはない。

正直、こんなもんだったっけ？　って思った。ここはもっと特別な場所だったのに。

「…………」

ここに来れば、もっと何もかもわかる気がしていた。

でも何もかもどころか、血が流れた『あの場所』ですら、どこなのか全然わからなかった。

「そっちじゃないわ、こっち……もう少し奥」

それでも、もしかしてここなんじゃ？　という所を見つけて、中を覗こうとすると、望春さんはそのまま僕を追い抜き、僕を先導するように歩き始めた。

望春さんがやんわりと遮った。

本当か？　騙されているんじゃないのか？　そんな不安が胸を過ったけれど、だけど僕一人で見つけられる自信がなくなってしまった。

でもそこから数分もしないところで、望春さんが立ち止まった。

「そうね、ここだったはず」

「………」

言われるまま見回した景色は、確かになんとなく、目の前の木に見覚えがあった。

遊歩道のカーブと、木陰に群生する、枯れてグロテスクな水芭蕉、水面に落ちる影……。

勿論記憶の中の風景そのままとは違う。あれから時間が流れているし、僕はあの頃より大きくなった。

でも確かにさっきよりも、ずっと夢の中の光景と、輪郭が重なった気がする。

バックパックから折りたたみスコップを取り出すと、倒木を無理やり転がして、湧き出る水の流れをせき止めた。

僕は覚悟を決めて、泥の中にスコップを突き立てた。剣先はやわやわと泥をかきわけ、掬い上げたものの、水分を沢山含んで重く、そして持ち上げると三分の一近くはだらだらと流れ落ちてしまう。

まるで神話のシジフォスの受難のように、繰り返しても繰り返しても無駄になるような遅々とした作業を、それでも僕は必死に繰り返した。

望春さんは当然僕を手伝いはしなかったけれど、代わりに僕が濡れないように、黙って僕に傘をさしてくれた。

レイは僕を手伝っているつもりのようで、てんで関係ない所を気ままに掘り返してい続けるに決まってるじゃないか――あの時の痕跡を、何か見つけるため。

遺体のほんの一部でもいい。

親子鑑定よりも難しい検査になるのはわかってるけれど、警察だったら僅かな破片からだって、DNA鑑定できっと何かがわかるだろう。

少なくとも、ここで女性と赤ん坊が殺された事は、村雨姉弟と僕しか知らないんだから、僕が何とかしなきゃ。

「ねえ、青音……そろそろ帰りましょう？」

「邪魔しないでください。それとも僕も殺しますか？」

望春さんの顔が、苦々しく歪められた。

それでも彼女は、本格的に僕を止めたりはしないらしい。その余裕に苛立ったけれど、そういうデモンストレーションの可能性だってある。

紫苑さんも、望春さんも、吐き出す言葉が本物なのか、全く信用出来ないから。

だから、それから何分――もしかしたら何十分も、僕は無心に泥の中を掘り続けた。

でも――でも結局、なんにも見つからなかった。

「もう、それで満足した？」

「……まだ続けるの？」

「…………」

る。

「満足って……！」

「言ったでしょう、掘っても赤ちゃんの遺体なんて出てこないのよ。あんな小さくて軟らかい骨だもの、埋まっていても、もうとっくに土に還(かえ)っているわ」

「……………」

そんな……僕は怒りと羞恥(しゅうち)で、顔が火照るのを感じた。泣きそうになった。

「でもね、そもそもここに赤ちゃんなんて埋まってないの」

「じゃあ、どこにあるっていうんですか？」

「どこかしらね。お墓か、お寺か――でもどこかで供養はしたんだと思うわ」

「え？」

望春さんは答えながら、僕の頬の泥と、汗と、雨、涙――なんだかわからなくなったものを、ハンカチで拭(ふ)いてくれながら言う。

「でも可哀相に……二十週を超えたくらいの大きさだった。週数が早すぎて、呼吸器自体がまだ完成していなかったの。赤ちゃんは生まれ落ちた時にはもう……息をしていなかったの」

「……あの時、いったい何があったんですか？」

「貴方(あなた)が見たとおりの事よ」

「僕が……」

「貴方が見たとおりなのよ、青音。貴方は何を見た？」

「僕が見たのは……貴方が、血まみれの赤ちゃんを……」

「……」

望春さんが、じっと僕を見た。

僕が見たのは……既に亡くなったようにぐったり動かない女性と、血まみれの死んだ赤ん坊を抱く望春さんだった。

でも……確かにそれだけだ。僕は、望春さんが直接邪悪なことをしているシーンは、見ていないんだ。

「どういうこと……ですか？」

震える僕の手から、スコップが滑り落ちた。

ばしゃりと跳ねた水滴と、大きな音に驚いたレイが飛びすさって、望春さんに身を寄せる。そんなレイを撫でる望春さんの手は優しかった。

拾壱

「何から話せば良いかしら……私はまだ医大生で、祖父母と姉、そして紫苑と暮らしていたの」

両親が事故で亡くなって、三年目の春だった。

二軒先に越して来た夫婦の事は、噂では聞いていた。スーパーで偶然会った向かいの奥さんが、聞きたくもないのに散々話してくれたから。

元々住んでいたおばあちゃんは、三匹の猫とのんびり暮らす、可愛らしい人だった。彼女が病院に入院した後、入れ替わるように越してきたのが仲野さん一家だった。

夫の貞男さんは四十歳、多分仕事はしていない。奥さんの雛莉(ひなり)さんはまだ二十代半ばで、小学五年生の長女を筆頭にお子さんは六人。今七人目を授かって、つわりで苦しんでいる。

時折覗かせる生活ぶりは、見るからに楽じゃなさそうだった。引っ越してすぐの頃に、割ってしまったと思(おぼ)しき玄関の上の窓硝子(ガラス)は、板とガムテープで塞(ふさ)いであった。

貞男さんの連れ子だという長女を除き、子供達はまだ幼く、幼稚園などには通っていないようで、毎日家の庭ではしゃぎ回っている。

でも時々それだけでは済まなくて、この前は向かいのお家の車の上に乗って遊んでいた、という話も聞いた。

だけど苦情を入れようにも、貞男さんはすぐに激昂(げきこう)し、以来目が合うだけで怒鳴ってくるというから、近隣ではみんな関わり合わないようにしていた。

私もできるだけ、視界に入れないようにした。

おばあちゃんの三匹の猫はどこに行ってしまったんだろう？　と思いながら。

なのに、ある日突然、奥さんの雛莉さんが私を訪ねてきた。

丁度大学が休みで、雪解け後の庭を片付けていた私は、彼女の訪問を上手に拒めなかった。

露骨に無視をするのは角が立ちすぎるし、それに彼女はものすごい焦っているようだった。

『子供達が変なの』

彼女は泣きながら私にそう言った。突然、子供達が全員吐いて苦しんでいると。

急いで病院に向かうか、症状があまりにも激しいなら、救急車を呼んだ方が良いと言ったのに、彼女はまず私に診て欲しいと言った。

どこかで私が医大生だと聞いていたらしい。

勿論そんな資格はないから無理だと伝えたけれど、せめて本当に病院が必要かだけ、確認して欲しいと懇願されて、私は折れてしまった。

彼女はきっと、私がうんと言うまで、ここに居座るだろう。

その間、子供達を看る人は多分いない。

私はあくまで学生で、診察も、医療行為もできない事だけは、繰り返し彼女に確認しながら、私は仲野家を訪ねる事になった。

子供達は確かに体調を酷く崩していた。

食後すぐに具合が悪くなったって聞いて、私はすぐに飲食物による中毒を疑った。

つわりで子供達と同じ物が食べられなかった雛莉さんだけは、元気にしていた事もその理由の一つだった。

だから食材を確認すると、子供達はニラもやし炒めを食べていた。

でもニラが少なくて、庭に生えていたのも使ったそうだ。

確認すると、それは確かにニラに似ていて、けれど特有の香りはなかった。

それはニラではなく、おばあちゃんの植えていたスイセンだったのだ。

だから私は雛莉さんに、すぐ救急車を呼ぶように指示した。

スイセンは、全草に毒がある。

でも彼女は渋った。病院はお金がかかるから、こんな何人も子供達を病院に連れて行ったら、夫に怒られるって。

そんな事言ってられる状況じゃない。とにかく搬送しないと命に関わる。

だけど彼女は本当に今、お財布に二千円しかないって言った。だからどうか、私に治療して貰いたいと。

出来るわけがないのに。

でもクレジットカードもないし、キャッシュカードや通帳も、全て夫が管理してる。

そもそも彼女に自由になるお金はないし、お腹の赤ちゃんですら、まだ病院に行く許しが貰えないのだと、そう言って泣き出した雛莉さんを前に、私は冷徹ではいられなかった。

紫苑なら、それがどうした？　と突っぱねてしまえるだろう。

でも私にはとても難しい事だった。だってこのまま私が立ち去れば、きっと彼女は本当に病院にはいかない。

彼女が夫から受けているのは、DVだと思った。

然るべき場所に繋がり、救いの手を差し伸べられるべきだ。だけど今はその事を話し合っている場合じゃない。

子供達を搬送するのが最優先だった。

仕方なく私は、お財布の中にあった二万三千円を、彼女に貸すことにした。

悩んだけれど

おそらく返ってこないとも思ったけれど。

お金を手にして、やっと彼女は救急に電話をしてくれた。

子供達の事が心配で仕方がなかったけれど、でも私はそれ以上は関わらなかった。

もう充分関わりすぎてしまったと、内心後悔していたから。

そうして二日後、彼女は再び私を訪ねてきた。

子供達は確かにスイセン中毒だったけど、幸い軽症で命に別状はなかったみたいで、今はもう回復に向かっているって。

あの庭は、おばあちゃんが色々なものを植えている。他にも春の野草、福寿草や水芭蕉なんかも、毒を沢山含んでいるから気を付けてと伝えた。

水芭蕉は特に激しい下痢を起こすから、冬眠明けのクマがわざと食べて、胃腸を整えるのに使うほどだ。

民家の軒先に、なかなか水芭蕉は咲いていないけれど、たとえば子供が遊びに行く機会もある春光台は、水芭蕉の群生地だ。

自然界の身近な所にも、恐ろしい毒はある。だから子供達には特に気を付けてあげて欲しいと、説明する私に雛莉さんは真剣な表情で頷いて、私に改めて礼を言った。

でも、お金の事だけはちらりとも彼女は話さなかった。

そうだろうなとは思っていたから、あまり驚きはしなかったけれど。

とにかく子供達が無事だったのだから、良かったと思うことにしよう。

でも——それだけではすまなかった。

それから彼女は何かにつけて、何度もお金の無心をしてくるようになった。

勿論全部断ったけれど、そのうち夫にも話したみたいで、夫婦で私をつけ回すようになった。

駅前で待ち伏せて、無視をする私を大声で怒鳴りつけながら、追いかけてくる夫に、私は戦いたし、この単純で謂われのない一方的な暴力に、恐怖しなければならない事が悔しかった。

結局、警察に間に入って貰うしかなかった。

次に何か言ってきたら、今度は逮捕もあり得ると厳重注意を受けて、やっと彼女達は大人しくなった。

それでも私は恐ろしくて、実家を出て、一人暮らしを始めたのだった。

だのにある日、彼女は再びやってきた。

どうやって見つけたのか、警察を呼ぶと言う私に、彼女はまた『助けて』と言った。

雛莉さんのお腹は、前よりはっきりと大きくなっていた。彼女はそれでも、病院には行かせて貰えないでいた。

もう何人も産んでいるんだから、病院なんかにいかないでも、一人でだって産めるだろうと、あの夫は本気で思っているのだ。

これ以上、そんな男と一緒に暮らすのはやめた方が良いと、私は言った。

彼女自身と、子供達を守るためにも。

でも彼女は一人では生きていけないと言った。

彼女は、最初の子供を産んでから、毎年のように子供を産み続けていたのだ。

もう産みたくない、一人でなんて産みたくない、育てたくない——だから彼女は私に縋ってきた。

『どうか、お腹の中の子供を殺す方法を教えて欲しいの。産むくらいなら何でもするから』

そんな事は答えられないし、どうしてもその必要があるなら、病院に相談した方がいい――それしか言えなかった。

そんなお金はないと言われても、私はもう貸すことなんてできない。

これ以上続けるなら、警察に通報すると伝えると、彼女は自分で何とかすると言った。

『いいわ。水芭蕉を食べたら熊でもお腹を壊すんでしょう？　私、あれを食べて、子供もろとも死んでやるから！』

そう捨て台詞を吐いて、彼女は出て行った。

そんな事、出来るもんかと思った――けれど、段々不安になって、覚悟を決めて仲野家を訪ねると、家にいるのは子供達だけで、雛莉さんの姿はない。

私は慌てて仲野家を飛び出した。旭川で、あの時彼女に話した、水芭蕉の群生地と言えば春光台だ――。

「そうして……私が春光台にたどり着くと、ここで、雛莉さんは本当に倒れていた。激しい腹痛で、怒責がかかったんでしょう。彼女の傍らには、まだ小さな赤ちゃんがいた」

「じゃあ……僕は、その時に？」

それまで淡々と話してくれた望春さんが、僕の問いに静かに頷くと、とうとうその目から涙がこぼれ落ちた。

「なんにもしてあげられなかった。赤ちゃんが死んだのは、私のせいじゃないけれど、でももし私がいなければ、こんな風に死んでしまう事だってなかったのは事実だった」

「それは違いますよ」

「違わないわ。そこに、まさか貴方(あなた)が……加地(かじ)さんの所のぼうやが来るなんて」

「…………」

まったくの偶然だったはずだ。

でも、偶然だったからこそ、まるで何かに罰せられている気分だったと、望春さんは身を守るように、自分の身体を両手で抱きしめた。

夏だというのに、森の中をしとしとと降りしきる雨は冷たくて、僕らから確実に体温を奪っていく。

「でも……それ以上に驚いたのが、紫苑が私を尾(つ)けてきていた事だったの。家から出ないはずのあの子が」

「紫苑さんは一人で家から出ないのがルールなのに？」

望春さんが頷いた。

でも確かに望春さんの跡を尾けていたのなら、まあ……広義の意味では、望春さんと二人の外出になるのか。

「仲野家に行った後、一度実家に寄ったせいね。だけど、お陰で助かったのも事実だった。私はもう、なにをどうすればいいかわからなかったから」

紫苑さんは、まず雛莉さんの容態を調べた。

幸か不幸か、雛莉さんはまだかろうじて息があったという。

「紫苑は失神した貴方を抱き上げ、私に『どうしたい？』と聞いたわ。なんと言っていいかわからなくて、言えたのはこれだけだった――『殺さないで』って。そうしたら……紫苑は笑って、『僕が全部上手くやってあげる』と答えたの」

実際、それから紫苑さんは、望春さんに言ったとおり、『全部上手く』やってくれた。

望春さんを表には出さず、雛莉さんを搬送し、僕を伯父さんの許に送り届けた。

赤ちゃんは残念ながら助からなかった。まだ生まれた週数が早すぎた。

雛莉さんは、水芭蕉の毒によって脱水症状や低カルシウム血症を発症していたけれど、幸い大きな後遺症もなく、回復できたらしい。

らしい、というのは、望春さんがもうそれから、雛莉さんに会う事はなかったからだ。

「じゃあ……僕が何年もずっと怖れ続けた悪夢は……」

ずるっと、僕の足から力が抜けた。

この泥の中で、確かに失われた命は、一つだけあった。

でも望春さんは、それを奪った悪魔どころか、必死に助けようとしていたんじゃないか……。

「……話してくれたら良かったんだ、最初っから」

「誰にも話せなかったわ」

「どうして⁉」

「貴方だってわかるでしょう？　紫苑が普通じゃないことを」

寒さだけでなく、ひっそりと青ざめた顔で、望春さんは擦れた声を絞り出す。

「あの子は昔からそう。ずっとそう——でもそんなあの子を、父と母は溺愛していたの。いつだってあの子が最優先。あの子は人の心をおかしくさせる何かがあるの。私はね、ずっとそんな紫苑の影だった」

物心ついた頃には、その差ははっきりしていた——と、望春さんは言った。

よく似た双子だったから、周囲はより残酷に、明確に、その違いを望春さんに意識させた。

やがて紫苑さんが誘拐事件の被害者になってから、両親の愛情は、さらに紫苑さんの一身だけに注がれるようになった。

でも紫苑さんが愛される事は、僕にも容易に想像がついた。

それは望春さんに不足があるわけではなくて、紫苑さんが特別すぎるだけだ。

「でも、私の人生なんて、いっつもそんなものなの。優秀な姉、唯一無二の怪物のような紫苑……高校時代の親友も非凡な人だった。でも、私はなんにもない、不器用な人間だったわ。私の名前は望春。春を望むの——つまり私は冬のまま。花の咲かない冬だった」

昏（くら）い望春さんの表情を案じるように、レイがピィ、と鼻を鳴らした。

神様はどうしてこんなに残酷なんだろう？

今朝の望春さんは、より紫苑さんに似ていた。

化粧っ気のない顔と、少し冷えてしまった青白い肌。

しなやかな手足を、ラフな服装が逆に強調する。

まるで鏡写しの二人なのに、どうして神様は二人の心まで、似せてくれなかったんだろうか。

「いつからか、あの子が普通じゃない人達と付き合い始めたのを知っていたわ。恐ろしい『何か』をしているかもしれない事も。でも確信はなかった。むしろわかっていると気づかれたら、私も恐ろしい目に遭うと思ったから、ずっと怖くて誰にも言えなかった——親友にでさえ」

誘拐事件から中学生まで、家から出なくなっていた弟が、二年生に上がって、急に学校に通い出した。

彼の心境変化の理由はわからなかったけれど、彼に『友達』が出来た事はわかった。

画家だという、少し年上の友人が。

「家族はそれを喜んでいたけれど、紫苑が普通の相手を友達に選ぶ筈がなかった。大人は紫苑の綺麗な部分しか見ないの。でも……私にはわかったわ。だって、双子だもの」

画家の友人――それが、清白さんなんだろうか？

僕は再び、軽い頭痛を感じた。寒さのせいかもしれない。

「今、紫苑はそういった友人と付き合っているそぶりはないけれど、実際はわからない。でも……紫苑は誰も愛さない。あの子が好きなのは自分だけ。私があの子の障害になれば、私の事なんて簡単に排除できるの。あの子は私から全てを奪えるし、青音のことだって、どうするかわからないわ」

「そう言われたら……確かに、そうかもしれませんけど……でも、そもそも望春さんは、どうしてそんなに僕を大切にしてくれるんですか？」

「それは……私も同じだったから」

そう言って望春さんは、泥の中に膝を突いたままだった僕に、手を伸ばした。

「……あの時、確かに雛莉さんは一命を取り留めたけれど、赤ちゃんは死んでしまった。私はずっと、あの時、私の手の中で冷たくなっていく赤ちゃんの感触を、匂いを、血の色を、忘れられなかった」

僕は望春さんの手を握り返した。以前、ここで、血に濡れていた手を。

「……だから、なんですか？　お医者さんになるのを諦めたのは」

「貴方と同じ理由よ。私はやがて大学どころか、部屋からも出れなくなったの……結局、祖父の他界をきっかけに大学を辞めて、ミュゲを継ぐ姉さんの手助けをする事にした」

「…………」

そうか……やっと僕は、望春さんの優しさの意味を理解した。

痛みと挫折、見失うこと、探すこと。

彼女は全部知っているから、だから僕に寄り添ってくれたのか……。

「小さな貴方がここに戻ってきた時、そしてやっぱり私を――あの時の事を覚えてるんだって気がついた時、私は悩んだ。私の過去を、掘り返されるかもしれないと。だけど――」

立ち上がった僕の額に、望春さんは自分の額をこつんと寄せた。

「だけど貴方が少し前の私と同じように苦しんでいるんだと思ったら、放っておけなかった。私もね、愛達がいなかったら、きっと先には進めなかったから」

ミュゲの、あの騒々しくて優しい面々を思い出すと、僕も自然と口角が上がった。でも、目からは涙が溢れた。

「でもね、やっぱり悪い事は、隠してはおけないんだわ。この前、帰りがうんと遅くなった時、警察が訪ねてきたの」

警察は、仲野夫妻のストーカー被害を受けていた望春さんを、八鍬さん同様に捜査線上に挙げていた。

「でも、ずっと会ってないと伝えると、それで警察は納得してくれたわ。二人に迷惑をかけられた人は、私以外にも沢山いたからね——でも、この先はどうなるかわからない。一度犯した罪は、消えないの」

「でも貴方(あなた)は何も悪くないじゃないですか⁉ 警察なんて怖くないでしょう？」

仲野夫妻の死、赤ちゃんの死、どれも望春さんになんの罪があると言うんだろうか？

「——いいえ。紫苑がその気になれば、いくらでも私に罪を被(かぶ)せられる。悪魔に力を借りるっていうのはね、きっとこういう事なのよ、青音」

拾弐

どんな日でも朝は来て、お腹は減る。

僕らはずぶ濡れのまま車に戻り、帰り道、ドライブスルーで朝食を買った。

僕はホットケーキのセット、望春さんはエッグマフィンだ。

「……子供用のにはしないんですね」

思わず聞いてしまったのは、子供用セットについてくるおまけが、望春さんの集めている、フロラリアファミリーのミニサイズだったからだ。

「だってお腹空(す)いちゃうもん」

至極真っ当な答えが返ってきた。

「それもそうか。確かにこのシリーズの時は、よく僕も妹にハッシュポテトを取られてました」

「妹さんも集めてたんだ？」

「うーん、むしろ現在進行形かな？　妹は中一ですけど……実は集めてるんですよ、フロラリアファミリー」

着せ替え人形の方は、小学校中学年くらいで卒業してしまったようなのに、あの可愛らしいうさぎさんやら、ねこさんファミリーとは、なかなか決別できないらしい。

「わかるわー。じゃあ、私に何かあったら、妹さんに差し上げて」

そう言って望春さんが笑った。

きっと妹も、このまま大人になっても、大好きなんだろうな。

マンションに戻ると、紫苑さんが驚いた顔で、泥だらけの僕らを出迎えてくれた。

二人でレイの散歩に出かけたら、大雨に降られてしまったのだと答えると、彼はあまり納得出来ないような表情で、だけど完全にドロッドロで茶色くなったレイが、澄ました顔で家に入ろうとするのを見て、慌ててバスルームに走って行った。

僕と望春さんは、紫苑さんの部屋のシャワーを借りたけれど、犬のシャンプーは時間がかかる。今日はこのまま、朝の言い訳をしないで済みそうだ。

僕は出勤準備をしながら、バスルームでレイと紫苑さんが言い合いをしているのを聞いた。

勿論紫苑さんは人間語、レイは犬語だったけど、お互い通じ合っているようだったので、紫苑さんはきっと犬語にも精通しているんだろう。

あんな朝を迎えてしまったので、望春さんと再び出勤するのが、なんだか変な気持ちだった。

だけど仕事が始まれば、望春さんは頼りになる先輩で、先生だ。

僕も仕事に集中した。

青音、ではなく、雨宮と呼ばれる度、背筋が伸びる。

今日はこのまま何時間も仕事をしていたい気持ちだった。


とはいえ、今日は長引く仕事じゃなかった。

望春さんは葬儀部の方の仕事があるので、僕は今日は定時だ。

スマホを確認すると、もし時間があったら一緒にまた病院に行って欲しいと、菊香から連絡が入っていたので、ＯＫと返した。

勿論菊香も心配だったけれど、やっぱりまだ紫苑さんと二人の時間が怖かったのもあるし、なにより朝の言い訳を思いつかなかったから。

ミュゲから病院まで直行すると、少し遅れて菊香がやってきた。

「今日、お仕事大変だった？」

「え？　そうでもないけど、なんで？」

「なんかすごい疲れた顔してるから」

そう言われて、思わず苦笑いが洩れた。

「きっと悪夢をみたせいかな。やっと、覚めることが出来たけど」

「そんなに怖い夢だったんだ」

そうだね、ものすごく。

ずっとずっと続いた夢だった。

「そうだ、あのね、色々考えたんだけど、検体は歯ブラシがいいんじゃないかと思うの」

「ああ……そういえば、リストにあったね」

「うん。下着とかはさすがに、言いにくいし……それでね、計画があるのよ」

そう言って菊香は気合いの入った表情で、僕にその『作戦』を披露しはじめた。

元々同室の患者さんが少ないせいか、病室の洗面台には、いつもおじさんと、もう一人の患者さん用の歯ブラシが置いてあるらしい。

「それがね、同室の人、今日退院だったのよ。だから、今洗面台の所にある歯ブラシは、カズおじさんのって事になるでしょ？」

「まあ、そうだね」

「だから、まず青音は洗面所で手を洗うフリをして、その歯ブラシがどこの、何色か確認するでしょう？　そして、そのまますぐ近くのドラッグストアに走って、同じ物を買ってきて、すり替えて欲しいの」

なるほど、それは名案……かな？

「でも、古い歯ブラシが、新しくなってたりしたら、変だな？　って思わないかな？」

「そ……その時は、何か他の言い訳を考えるしかないでしょ」

菊香がせっかくの案に水を差された事に、少し不満そうに唇を尖(とが)らせた。

まあ、とりあえずやってみるしかないか……。

具体的な計画はこうだ。

お見舞い……といっても、おじさんはあまり食事ができないので、菊香は飲み物だけおじさんの所に持参していく。

今日はパックのコーヒー牛乳という事になった。

そして話に夢中になっているそぶりで、彼女はうっかり僕の服に、ちょっとだけコーヒー牛乳を零(こぼ)す。

僕はシミになるからと慌てて洗面所で洗うけれど、とれずにシミになりそうだからと、近くのドラッグストアに、食べ物用の簡易シミ抜きを買いに行く、という流れだ。

僕は最初に洗面所に立った時に、おじさんの歯ブラシのブランド等を調べ、買いに行き、そしてシミ抜きをするという名目でもう一度洗面所に立ち、その間に歯ブラシをすり替える——うん、こうやって改めて整理すると、なかなかよく出来た計画だと思った。

——そう、その計画が実行されるまでは。

病室に着いて十分、菊香は予定通り計画をスタートさせ、コーヒー牛乳を僕の膝にそれは盛大に零した。

それは下着まで染みるほどで、僕のベージュのチノパンの太ももから股間が、見事に茶色く染められてしまった。

このままでは到底ドラストへなんて走れない。

慌ててタオルで拭いたけれど、相手はコーヒー牛乳様だ。そんなことでは退陣なさらない。

仕方ないので、僕は泣く泣くズボンを脱いでそれを洗った。

でも洗った所で、今度は股間がびしょ濡れのチノパンが、新たに誕生しただけだった。

そしてそれ以上に問題だったのが、おじさんの歯ブラシは電動だった。

しかも、ドラストとかで見るような、メジャーなブランドじゃないやつだ。

もう、全ての計画が、ザラザラと崩れていく音がする。

直接話し合うわけにはいかないので、僕らは隣り合って座っているにもかかわらず、怒濤の勢いでメールを交わした。

菊香『どうしよ？　どうしたらいい？』

青音『なんて聞かれても、僕にだってわからないよ！』

菊香『他になんだったら良かったっけ……下着泥棒になるしかない？』

青音『穿いてるのを脱がせる泥棒なんていないでしょ……あと他に……そうだ、ストローとかは？』

菊香『それだ！』


今度こそ！　と、僕へのお詫びも兼ねて、下の売店で飲み物でも買って来るよとおじさんに聞いた菊香だったけど、おじさんはお茶があるからいらないらしい。

瞬間的に玉砕してしまった。

あとは、どうにかして髭剃りを借りられないかとか、やっぱり髪の毛を拾えないかとか、必死にやりとりしていると、さすがにおじさんも、「なんだか変だな」という気持ちになったんだろう。

「菊香、忙しいなら、もうお帰りよ」

カズおじさんが、少し困ったように言った。

「そういう訳じゃないんだけど……」

だけどおじさんも、最初に会った日より、いくらか顔色が悪い。

実際長居はよくないとも思った。

「今日は、そろそろ帰ろうよ」

「でも……」

菊香に声をかけると、彼女は困ったように俯く。

菊香の気持ちもわかった。あと何回、病室をこうやって訪ねられるかもわからないからだ。

それに、検体が集められないと、鑑定結果が出るのも遅くなる。

本当にそれを待つ時間があるんだろうか？

それを待っていて、大切な物を失ってしまわないだろうか？

「菊香、もう……ちゃんと直接聞いてみたらどうかな」

「え？」

「だって、このままじゃいられないんでしょう？　それにおじさんなら……聞けばちゃんと話してくれると思う」

「…………」

菊香は少し慌てて、僕を批難するように睨んだ。

「何か、聞きたいことがあるのかい？」

そう言った、不思議そうなカズおじさんと、真剣な表情の僕を菊香は交互に見て——

そして深呼吸をひとつし、覚悟を決めたように椅子に座り直した。

「……うん、あ、あのね？　カズおじさんは、ずっと昔から私を一番可愛がってくれるし、私にだけ形見分けしてくれる……私はおじさんが大好き。でも……やっぱりちょっと変だって思う」

そこまで言うと、菊香は不安げに僕を見て、それでも自分自身を納得させるように、こくっと頷いた。

「だ、だから……もしかしたら、私、本当はカズおじさんがお父さんなんじゃないかって、そう思ってたの。でも、聞いても教えてくれそうにないし……こっそり、親子鑑定をしようとしていたの」

「親子鑑定⁉　DNAの？」

驚いたように、少し高い声を上げたのはおじさんだった。

「あ！　でも、本当の事を知ったからって、それでなにかしようとか、お母さんやおじさんの事を悪く思おうとか、そんなつもりとはちょっと違って……なんていうか……」

勿論、父のことを思うと、二人がそんな関係だとしたら複雑だし、まったく怒りや失望がないと言えば嘘になる——そう言った菊香は今にも泣きそうな声だ。

世の中の『正しい』『正しくない』のルールに従うなら、それはやはり間違いだとも思う。

「でも……そうだとしても、本当の事は変わらないし、愛は減るんじゃなくて、増えていくと思いたいから。おじさんが本当に私のお父さんだったなら、そしておじさんが嫌じゃないなら、ちゃんと娘として最後まで一緒にいさせてよ」

菊香はなんとかそこまで言い切ると、わあっと泣き出した。

僕の目にも、そしてそれを聞いていたおじさんの目にも、大きな涙が浮かんでいるのを見た。

おじさんはそれを拭うように目元を押さえ、「そうだったんだね……」と小さく呟いた。

「でもね、よく……男女の間に友情は成立しないというけれど、僕は男女だからこそ成立する友情も確かにあると思う。それに相手を大切に思う感情が、必ずしも恋愛とは限らない」

「そうだけど！」

「うん。わかってる。だけど菊香の心配も、もっともだと思う。君がＤＮＡ鑑定をしたいというなら、勿論してくれてもいいし……」

そこまで言って、おじさんは「いや」と言い直した。

「言葉だけでは心配だろうから、検査しておこう。でも――一つだけ確かなことがあるんだ。それは僕が離婚した原因でもあるんだけどね。僕は子供を作れない身体なんだ」

「え？」

「菊香のママと仲が良かった事が、一番の原因じゃないんだよ。僕の元妻は子供が欲しい人だったし――だから僕とは別の人を見つけてしまったんだ」

結婚した後、おじさんは一年以上子供を授かる兆しがなかった。

一応……という気持ちで受けた検査の結果では、おじさんは少なくとも通常の方法では、まず赤ちゃんを授かれず、専門的な治療をしても、確率は随分低かったという。

「だからもし、菊香が思うような不貞関係があったとしても、偶然に菊香を授かることはまずないんだよ」

「だったらどうして？　なんで私だけ特別大事にしてくれたの⁉」

菊香の問いに、おじさんは不意に声を上げて笑った。

「しまったな。子供達を区別するつもりはなかったんだけどね……でも、そうだね、確かに菊香は特別なんだ。二人には内緒だけど」

「兄さん達は、多分気がついてないわ、いっつもおじさんのお年玉が一番だったし――でも、なんで？　どうして私だけ？」

そう言って菊香が首を傾げると、おじさんは「手を出して」と菊香に言った。

彼女は言われるまま素直におじさんに両手を差し出す。

するとおじさんは、菊香の人差し指を、ぎゅっと優しく握った。

「上の二人は、赤ちゃんの頃に僕が抱いても、いつも泣いてばっかりだったんだ。だから、生まれたばかりの君に会って、初めてだっこをした時も、当然泣いてしまうんだと思ったんだ――でもね、君は僕の指をこうやってぎゅっと握って、にーっと僕に笑ったんだよ」

笑顔も、指を握るのも、それは全て赤ちゃんの『反射』であって、感情や想いとは違う――というのはわかったけれど、それでもカズおじさんに、菊香の笑顔は特別響いた。

父親になれないとわかっても、本当はそこまで悲しんでもいなかったそうだ。

元々そんなに子供は好きではないし、なんだかんだ離婚して自由を謳歌してもいた。

結局子供が出来ない事は、離婚のきっかけでしかなく、他にも問題があるからこそ別れという選択をした。

自分が何かの責任を抱えて生きるタイプではない事を、彼はよくわかっていたのだ。

「だけどね、小さな菊香を抱いた瞬間、僕は自分が父親になれない事を、初めて悲しく思ったんだ。そのことを菊香のお母さんに言ったら、『じゃあ、その分この子を好きなだけ可愛がればいいじゃない』と、彼女はあっけらかんと言ったんだよ」

「お母さんが？」

「そう。そして隣にいた君のパパも、それがいいって言ってくれたんだ」

別に親になる事が全てじゃない。親の責任を果たすことだけが、人間としての成熟でもない。

でも愛したい気持ちがあるなら、貴方は菊香達を無責任にたくさん可愛がって、気が済むまで愛したら良いでしょう。

誰だって、愛のない人生より、愛して、愛される方が幸せなんだから。

菊香のお母さんは、そう言ってカズおじさんを一家に迎え入れたのだった。

「だからお言葉に甘えて、僕は君達を自分の子供みたいに想って可愛がったんだ。子供達を区別するつもりはなかったけれど……でもどうしても、菊香は可愛かった。君は生まれた時から妖精のように可愛かったけれど、そのまま何歳になっても、ずっといつまでも可愛いままだ」

「よ、妖精って！　それはちょっときもちわるいよ！」

途端に菊香の頬は真っ赤になって、彼女はプイとそっぽを向いた。

でも、その口元はちゃんと笑っている。

「じゃあ、だから菊香に、大切な絵を……？」

僕が問うと、おじさんも静かに微笑んで頷いた。

「僕は子供がいない。それを継いでくれる人は本来いない――それを君に遺していく事が、僕のエゴだというのも勿論わかっている。それでも……それでも、僕の愛する菊香に、継いで貰いたいと思ったんだ。そして出来る事なら、今度はそれを、菊香の子供達に繋いで欲しい――ごめんね、菊香」

「なんで謝るの？」

「そのせいで、君を不安な気持ちにさせてしまったのは間違いだったからね。でも……血は繋がってなくても、僕にとって君は僕の娘だったんだ」

おじさんが申し訳なさそうに頭を下げると、慌てて菊香は首を横に振った。

「過去形じゃなくていいよ。現在進行形でいいよ——私にだって、カズおじさんはもう一人のパパだから」

「うぇおっ」

そんな感動的なシーンを、どうして我慢出来ただろうか。

それでも必死に、二人の邪魔をしないように耐えていた僕だけど、とうとう我慢出来なくて、喉から変な嗚咽がこみ上げてしまった。

情けない、カエルみたいな泣き声だ。

せっかくの大事な一瞬だった筈なのに、二人は声を上げて笑ってしまった。

拾参

病院を後にして、僕はまたてくてくと歩いてマンションへと帰った。

でも、最近のとぼとぼという足取りとは違ったと思う。

それよりももっと、胸があったかい感情だった。

「ただいま——あれ？」

マンションに着き、玄関を開けると誰の出迎えもなかった。

いや、別に迎えてくださいって事ではないのだけれど、いつもレイは一番に僕をりりしく出迎えてくれるし、この時間ならもう望春さんも帰っていると思ったからだ。

「おかえり、姉さんは？」

ややあって、フライ返し片手に僕を迎えたのは、エプロン姿の紫苑さんだ。

「え？　今日はそんなに遅くないはずでしたけど……葬儀が入ったんですかね？」

でも珍しい。遅くなる時は、大抵電話があるのに。

「夕方一度荷物を取りに来てたみたいだからそうかな。クリーニングに出していたスーツを取りに帰ったのかも」

「夕方に？」

ふーん、と返事をして、なんとなく変だと思った。少なくとも、今日の夕方には、葬儀用のスーツが必要な話は聞いていなかった。

「あれ？　レイ？」

着替えに自分の部屋に向かう。てっきりレイは僕の部屋のベッドで寝ていると思ったのに、彼女は僕の部屋にいなかった。

賢い彼女は、ドアレバーを前足でぴょんとして、好き勝手に家の中を行き来出来るとはいえ、基本的にはリビングか玄関か、僕の部屋で一日を過ごしているのだ。

「おかしいな……」

「診察は、どうするの？」

部屋から出ると、エプロンを畳みながら、紫苑さんが嬉々として言った。

「あの……それより、レイを知りませんか？」

「君の部屋じゃないの？　僕は何もしていないけど」

「いえ、僕の部屋には」

「………」

トイレやバスルームにいるとは考えられない。

レイは閉塞的な空間があまり好きではない。

だとすると、この家でいるとしたら――もう望春さんの部屋しかない。

さすがに僕がドアを開けるのは躊躇われて、紫苑さんに任せた。

彼は一応ドアをノックした後、「姉さん？」と言ってドアを開いた。

望春さんはやっぱりまだ帰っていなかったけれど、代わりにレイは、望春さんのベッドでじっと伏せるように横たわっていた。

「レイ!?　珍しいね。どうしたの？　こっちおいでよ」

望春さんは、レイが勝手にベッドで寝ていて怒る人ではないけれど、レイの白い毛がスーツに付くのはあんまり嬉しくないから、積極的にレイを部屋に招きたいわけではないようだった。

「レーイ？」

もう一度声をかけたけれど、彼女は僕を無視した。

まあ、レイはそういう犬だ。いつでも甘えてくれる訳じゃない。

レイも今日は疲れたのだろうか、僕の問いかけに、やがて大きな溜息（ためいき）をついた。

「……レイ？」

いや、やっぱりなんだか変だ。

そっと彼女をベッドから下ろそうとすると、レイは「うー」と低く唸（うな）った。

そして僕はふと、紫苑さんが僕らではなく壁の方を見ているのに気がついた。

「……どうしたんですか？」

「人形が綺麗（きれい）になってるから」

「人形が？」

つられて壁際を見ると、そこには空っぽの棚と、その上にいくつもの箱に入った玩具（おもちゃ）が重ねられていた。

「……フロラリアファミリー」

フロラリアファミリーは、可愛い動物のキャラクター達を、ミニチュアの世界で人間のように暮らさせて遊ぶ玩具だ。

妹は今でも棚にミニチュアハウスを設置して、綺麗に家具を並べている。

望春さんは違ったんだろうか？

そしてふと、壁と棚の間に、小さなウサギの人形が、忘れられたように一体転がっているのが見えた。

「あの……紫苑さん？」

望春さんの部屋に入ったことがないので、僕はこの違和感を払拭出来ず、紫苑さんに声をかけた。でも、彼は僕ではなくレイを見ていた。

「紫苑さん、あの――」

「なんだ、犬も泣くんだ」

紫苑さんが嬉しそうに振り返る。

レイの頬には、確かに涙が伝っていた。

途端に、僕の背筋に寒気が走った。

「紫苑さん！　望春さんが！」

こんな、こんな酷い事ってあるだろうか？

僕は泣きながら、結局今日あったことを、紫苑さんに全てぶちまけた。

「そうか、なるほど」

だけどほとんど号泣しながら話した僕とは対照的に、彼はまるで『ゲームのルールを一つ理解しました』くらいの、随分軽い相づちを返してきた。

こんな状況なのに、しっかりとレイの涙を採集するのも忘れないで。

「そうかって、なんでそんな冷静なんですか⁉　心配じゃないんですか⁉」

「かといって、焦って何かが解決するわけじゃないし……」

　でも、そういう問題か？　やっぱり、僕が何とかしなきゃ。

「愛さん達にも聞いてみます」

　そう言ってスマホを取り出した僕の手を、紫苑さんが制した。

「多分、姉さんはそれを望まない」

「え？」

「それに……そうだなぁ、姉さんは死ぬ時に遺族に迷惑をかける場所は選ばないし、葬儀屋が困るような死に方もしないと思う」

「それは……そうかもしれないけど……」

『死』という言葉が、あんまり簡単に出てきたことに、僕は目眩(めまい)を覚えた。

「ふむ」

「紫苑さん！」

「だから、僕らが気がつくか、発見されやすい場所……そうだな、方法としては練炭かな。衝動的だろうし、薬は用意しにくいと思うし——胃洗浄が辛(つら)いのは知ってるから、姉さんはその方法もとらないはずだ」

「とらないはずって……本当に、なんで冷静なんですか……」

　どうして実の、しかも双子の姉の死に方と、死に場所を、こんな風に平然と想像出来るのか。

　聞いているだけで、僕はだんだん気分が悪くなってきたのに。

「……やっぱり、本当は紫苑さんは、望春さんの事が嫌いなんですか？」

「え？　なんで？」

　不思議そうな答えが返ってきた。

「だって――」

「もし嫌いだったら、僕はとっくに夕飯のチヂミを焼くのを再開しているよ――そうだな、旭川で練炭自殺しやすいところか……でも姉さんはああ見えてロマンティストだから、おそらく『場所』に縛られると思うんだ」

「だったら……また、春光台ですか？」

「どうだろう……あそこは、忘れられない場所だったとしても、姉さんが最期に選ぶ場所だろうか？」

　紫苑さんは、腕組みをして、ふむ、と唸った。

「じゃあ、家族の思い出の場所、とか？」

「思い出？」

「懐かしい場所とか、大好きな場所とか」

　今、僕が自ら死を選ぶとしたら――いや、そんなこと、今は考えられないけれど、でももしそうしなきゃいけないとしたら、伯父さんと何度も行ったキャンプ場を選ぶと思った。

でも、同時に紫苑さんの最初の推理は当たっていると思う。望春さんは、おそらくミユゲの人達の負担になるような死は絶対に選ばない。

「どこか、思い当たる場所はありませんか？」

「…………」

腕組みしたまま、紫苑さんは思案するように宙を仰いだ。

その横顔は、改めて望春さんに似ていると思った。

「……じゃあ、二人だけにわかる秘密とか、約束はありませんか？」

「僕と？」

「はい」

「ああ、そうか……」

頷くと、紫苑さんはふと、何か思いついたように僕を見て、そして僕の頭をくしゃくしゃに撫でた。

終

水は彼岸に——死の世界に繋がっていると言う。
だからこそだろうか？　夜の水辺は怖い。

海も、湖も、川も。

単純にそこが、生命を脅かす危険を孕(はら)んだ場所だからかもしれないけれど、黒くうねる水の中には、それ以外の何かを、僕はいつも感じるのだ。

望春さんは、永山新川(ながやましんかわ)の橋の上から、ぼんやりと黒い水が流れるのを眺めていた。

橋の脇に車を駐(と)めようとすると、既に望春さんの車が駐まっていた。窓にはガムテープで目張りしていた痕(あと)があって、僕はそれだけで泣きそうになった。

夕方には雨も上がり、空には星が出ている。

でも、今日は月が輝いていないようだった。多分、新月なんだろう。

だから余計に流れる川は昏(くら)かった。

車から降り、紫苑さんは少しだけ寒そうにジャケットの前をかき合わせると、まるで焦ったそぶりもみせないで、ゆっくり望春さんの隣に立つ。

「やっぱりここだったんだ」

「……よくわかったわね」

「姉さんは、昔から拗(す)ねるとここに来たから」

紫苑さん達の実家は、昔この近くにあったそうだ。

望春さんは嫌な事があると、この川に来て、その流れをぼんやりと眺める癖があった。

「それで……元気？」

紫苑さんが問うた。

もっと他に言い方がないのかと思った。普段あんなに色々な言葉で、人を煙に巻くくせに。肝心な時にそれなのか？

望春さんもそれには呆れたのか、ふ、と笑った。

「……練炭自殺が楽だなんて、誰が言い出したのかしらね……苦しくて、あんなの全然我慢出来なかったわ」

「そりゃそうだ。苦しまないのは、よっぽど高濃度の時だけだよ」

「そう。人間は脆いのに、こんな時だけ頑丈ね」

そこまで言うと、望春さんは紫苑さんに向き直った。

「でも放っておいて、もう貴方には迷惑をかけないから」

「もう？」

「ええ、もう」

望春さんの言葉に、紫苑さんは少し首を傾げた。

「今のその『もう』は、もはや、既に、という意味合いの『もう』だと思うけど」

「ええそうね」

「僕は姉さんに、迷惑をかけられた覚えはないよ」

「…………」

望春さんが怪訝そうに、眉間に皺を寄せた。

それを真似るように紫苑さんも顔を顰めてみせる。

「だって——」

「もう、いいでしょう、帰りましょう、望春さん」

僕は我慢が出来なくなって、とうとう望春さんの腕を掴んだ。

「でも……紫苑が私の代わりにやってくれた事は、結局それを私がしたのと同じ事よ。私はこれ以上、誰かの影でいるのも、罪を隠して貴方に怯えて生きていくのも、もう無理なの!!」

「だけど僕は何もしていない——少なくとも、あのストーカー夫婦のことだったら」

「……え？」

「人間を怖がらせる方法なんて、殺す以外にもいくらでもあるんだよ、姉さん。そして僕はそういうのが好きだ。死んでしまったら、もう涙は流さないでしょう」

紫苑さんは、夜を流れる川のように昏く、静かに言った。

そのうねりに呑み込まれそうになりながら、望春さんは慌てて首を横に振った。

「だけど二人の遺体が——」

「僕じゃない。本当の事は何度も言いたくない。時間の無駄に感じる」

遮る様に、彼は言った。望春さんはきゅっと唇を噛むようにして、噤む。

「確かに僕には、少し変わったゲームを好む友達がいた。毒蜘蛛と毒ムカデを戦わせて、その両方が死ぬのを眺めて楽しむような。彼らはこの世のクズとクズ、両方に争わせるのが好きだった。世の中を綺麗にするために。でも、僕はそれを楽しいとは思わなかった」

「紫苑……」

だけど、望春さんの顔から、不信感は消えなかった。

「嘘じゃない。彼らは僕らとは別の所で、他の誰かを傷つけて、そして誰かに殺されたんだ。それに……姉さんは言ったじゃないか、『殺さないで』と。姉さんはその方法を望まなかったじゃないか」

「そうだけど……」

望春さんがこれ以上の言葉を遮るように、俯いて、両耳を塞ぐ。

紫苑さんは望春さんの前髪に手を伸ばすと、その額に唇を寄せた。

「ねえ望春。君が本当にそうして欲しいと望むなら、僕は君を苦しめる物を、全部壊してしまったっていいんだよ。大事なのは、君が何を望むかだ」

「やめてよ！　そんな風に、私を慕うフリはしないで！」

だけど望春さんはそう言って、紫苑さんを払いのけた。

「……フリじゃないですよ、望春さん」

だから、僕はそう言った。二人の間に割り込むように。

「望春さん。紫苑さんは、本当に、望春さんが大好きだ」

「いいえ。紫苑は誰のことも好きにならないわ。自分だけよ」

望春さんが僕と、そして紫苑さんを睨み付ける。

「そうですよ、だからです」

僕は、望春さんと紫苑さん、両方を交互に見た。

「紫苑さんは自分だけが大好きだ。それ以外に興味は無いんです。だからこの世で自分とそっくり同じ形をしているものを、愛さないはずないでしょう」

「……え？」

「気がつかなかったんですか？　紫苑さんはいつだって望春さんのことを、可愛いって言ってたじゃないですか」

「そうだ、姉さんは可愛い。それが僕と姉さんの唯一の違いじゃないかな」

紫苑さんが、肩をすくめて言った。

「……本気で言ってるの？」

「簡単な事だと思うけど、自分の事って見えないんですね……」

そうだ。紫苑さんはいつだって望春さんのことを大切にしていたはずだ。

愛は、男の人と、女の人、それ以外の形だってある。

友情、親愛――そして、自己愛。

「もう自分を影だなんて言わないでください。もっと自分を愛しましょうよ。僕も頑張るから」

僕は望春さんの手を取ると、自分のポケットを経由してから、それに僕の手を重ねた。

「……青音？」

「だから――僕に貴方の遺品を整理なんてさせないで下さい。物は遺（のこ）された人の想いだって、消えない愛を教えてくれた貴方が」

いつかもしかしたら、僕がその約束を果たす時が来るかもしれない。

でも、今はまだ嫌だ。

ゆっくりと手を広げる。

望春さんの手の中から、可愛いウサギの人形が、つぶらな瞳（ひとみ）で僕らを見ていた。

エピローグ

本格的に暑い季節は、葬儀屋さんも、そして特殊清掃も、ものすごい忙しい。

一年で一番過酷な時期だ。

そんな中でも僕は少しずつ仕事を覚え、それなりに上手にこなし、『ミュゲ』の面々の一部になった。

十勝ほどではないけれど、夏の旭川はそんなに雨が降らない方だと思う。

三十五度を超える、カラッとした灼熱（しゃくねつ）の日々は、逆に空に泣いて欲しくなる。

そのかわり、僕は毎日のように泣いて、紫苑さんの診察室に、涙の雨を降らせている。

それでも、以前よりは日常生活で、そして仕事で、泣かなくなってきたような気がする。

もしかしたら、まわりが気にしないでくれるので、僕自身が泣いていても自分で気にならなくなったのかもしれない。

……でもまぁ、まだ紫苑さんの診察がなくなったら、泣き虫に戻ってしまうんだろうな。

その日も僕の涙は止まるところを知らず、紫苑さんは本当に上機嫌だった。

「本当に、そんなに集めて、意味があるんですか？」

「好きな物に、意味なんてないよ」

それは……まあ確かに。

診察用のリクライニングソファから起き上がり、僕は久しぶりに自分の涙を顕微鏡で覗(のぞ)いた。

僕の涙は、本当にまるで雪の結晶だ。

大嫌いだった筈(はず)の僕の涙。

今では少し、この涙を自慢に思う。

「……それにしても、紫苑さんはどうして僕に優しいんですか？」

「うん？」

「紫苑さんが、望春さんの事を好きなのはわかるけど。でも最初にあの金色の雨の中で会った時も、紫苑さんは優しかったですよね」

「そりゃ……僕だって別に、誰のことも愛さない訳じゃない」

「……愛？」

「愛、多分」

「愛……僕をですか？」

その問いに、紫苑さんはまた得意の薄笑いで、それ以上は答えてくれなかった。

「……いやいや、これで愛って言われたら、さすがにちょっと怖いですよ」

ひくわー、と呟くと、紫苑さんは声を上げて笑った。

「でも本当だよ。僕にだって大切にしたい物はあるんだ。人間が自分以外を慕う気持ちを、僕は全く理解出来ないわけじゃないんだよ」

「まぁ……そうですよね。だって、紫苑さんは僕の涙が好きですよね。それは、物？　ではあるけれど、確かに愛情ですよね」

「そうだね」

そう言って紫苑さんは頷くと、そっと窓に向かった。

「……昔ね、僕の退屈で無意味なこの世界に、価値と約束を与えてくれた人がいた。彼女は逝ってしまう前に、僕に託し、遺してくれたものがあったんだ」

「遺品……ですか。いったい何だったんです？」

「……言わない」

ふふ、と彼は悪戯っぽく笑う。

「えー、ここまで聞かせておいて？」

「あ、雨だ。今日は姉さん、車じゃないんだっけ？」

急に話題が変えられたので、僕は紫苑さんが本当に、この話題を誤魔化したいのだとわかった——でもまあいいか。今日はそれに乗っかっておこう。

「そうですね、夕方、ちょっとお酒飲んじゃってるはずだから——どうします？　バス停まで傘を持っていってあげましょうか？」

「いいよ、どうせ天気雨だ」

「濡れちゃったら可哀相ですよ。一緒に行きましょうよ、お迎えに」

夏の日の夕暮れ、その日は金色の雨が降っていた。

綺麗なその色に僕の目から涙が溢れ、涙の雨を蒐める悪魔は、嬉しそうに笑った。

本書は書き下ろしです。
この作品はフィクションです。実在の人物、団体等とは一切関係ありません。

涙雨の季節に蒐集家は、
あなたがくれた約束

太田紫織

令和4年 6月25日　初版発行

発行者●青柳昌行

発行●株式会社KADOKAWA
〒102-8177　東京都千代田区富士見2-13-3
電話　0570-002-301（ナビダイヤル）

角川文庫 23227

印刷所●株式会社暁印刷
製本所●本間製本株式会社

表紙画●和田三造

ISBN 978-4-04-112645-5　C0193

◇◇◇

角川文庫発刊に際して

角川源義

第二次世界大戦の敗北は、軍事力の敗北であった以上に、私たちの若い文化力の敗退であった。私たちの文化が戦争に対して如何に無力であり、単なるあだ花に過ぎなかったかを、私たちは身を以て体験し痛感した。西洋近代文化の摂取にとって、明治以後八十年の歳月は決して短かすぎたとは言えない。にもかかわらず、近代文化の伝統を確立し、自由な批判と柔軟な良識に富む文化層として自らを形成することに私たちは失敗して来た。そしてこれは、各層への文化の普及滲透を任務とする出版人の責任でもあった。

一九四五年以来、私たちは再び振出しに戻り、第一歩から踏み出すことを余儀なくされた。これは大きな不幸ではあるが、反面、これまでの混沌・未熟・歪曲の中にあった我が国の文化に秩序と確たる基礎を齎らすためには絶好の機会でもある。角川書店は、このような祖国の文化的危機にあたり、微力をも顧みず再建の礎石たるべき抱負と決意とをもって出発したが、ここに創立以来の念願を果すべく角川文庫を発刊する。これまで刊行されたあらゆる全集叢書文庫類の長所と短所とを検討し、古今東西の不朽の典籍を、良心的編集のもとに、廉価に、そして書架にふさわしい美本として、多くのひとびとに提供しようとする。しかし私たちは徒らに百科全書的な知識のジレッタントを作ることを目的とせず、あくまで祖国の文化に秩序と再建への道を示し、この文庫を角川書店の栄ある事業として、今後永久に継続発展せしめ、学芸と教養との殿堂として大成せんことを期したい。多くの読書子の愛情ある忠言と支持とによって、この希望と抱負とを完遂せしめられんことを願う。

一九四九年五月三日

涙雨の季節に蒐集家(しゅうしゅうか)は、

太田紫織

切なくて癒やされる、始まりの物語!!

雨宮青音(あまみやあおと)は、大学を休学し、故郷の札幌で自分探し中。そんなとき、旭川に住む伯父の訃報が届く。そこは幼い頃、悪魔のような美貌の人物の殺人らしき現場を見たトラウマの街だった。葬送の際、遺品整理士だという望春(みはる)と出会い、青音は驚く。それはまさに記憶の中の人物だった。翌日の晩、伯父の家で侵入者に襲われた青音は、その人に救われ、奇妙な提案を持ち掛けられて……。遺品整理士見習いと涙コレクターが贈る、新感覚謎解き物語！

角川文庫のキャラクター文芸

ISBN 978-4-04-111526-8